天子玉傳奇

滚纲柠蔓 著

洪武伍佰柒拾肆年菊月

洪武五百七十四年？作者有反心吧？明清两朝都会抓的那种。

作者的名字意味深长，懂评书的自然明白。

满纸荒唐言，以假乱真，鱼目混珠，泥沙俱下。

我可能躲不过今天这道劫了，我现在在一家面馆的厕所里。

他们很快就能找过来，无论是谁拿到了这本书，你要记着，我叫黄坤，家住衢州柯城区县学街137号，身份证号是330860200103230136，请务必报案。

我和孙子彦是被蓄意谋害的。我猜测一切都和这本书有关，这本书讲述的是关于"天子玉"和几个传说组织之间纠葛的事情，我觉得追杀我的人就在这几个组织中。

高考第二次落榜,爷爷也病逝了。今天决定北漂,雇了人打扫杂物间。发现了带锁的盒子,砸开后就是这本书了,看着颇有意思,随身携带,权作火车上消遣之用。

说书人偶见惊魂,鹿万龙街边命陨

这世道很乱,自从蒋委员长登台,忙着瓜分利益,派系攻伐,日子便一天难过一天了。就连常去的南园书场,最近来的看客也不多了。

（批注：属于人!）

早上我照例倚在南园书场的门口,赊了李大爷两个包子吃。我吃他的包子,他听我的书,这很公平,我们向来不算账——蒋委员长上台后,钱可是个稀罕物什,今天一百块钱还能买够一家人吃的饭,明天保不齐连一根油条都换不来。但不是哪里都像我们似的不算账,所以他的包子还要继续卖,我的书也还要继续说。

（批注：说的是巴,包子,设在南过。）
（批注：南园书场的李大爷,调查一下就知道有没有这个人。）

都说相声是"刮风减半,下雨全免",说书虽然有个容身之处,但情况也好不到哪儿去,即便天天前去说书,风雨无阻,也只是勉强混个温饱而已。今天说完《铡美案》之后,已经近晚了,冬日的天总是黑得颇早,虽然才下午四点来钟,日头已经有些偏西。

（批注：《铡美案》）
（批注：这是相声的专业术语,相声原来是在街上说的,遇到刮风和下雨都会影响收入。）

我照例走在弄堂里——这是一条近路,拐两个弯就能到家。这个点,路上的人很少。迎面走来一个人,他穿得很厚,却反常地拿着把扇子。他走得跟跄,看他衣着考究,可能又是哪个有钱人刚刚赴过酒席吧。

（批注：的小巷）

他抬头看到了我,张了张嘴,向我这边走得更急了。我竭力地闪躲,不想被醉鬼撞到。但他却直挺挺地躺在了我的面前,距离我也就四五步的距离。在他倒地的时候,我隐约看到了他身后一个虚影一闪而过。

（批注：虚影是真有此人,还是惑人视听?联系下文,这虚影很有可能就是举报者!）

"兄弟,大冬天躺地上有点不讲究啊。"

我迟疑了一下,还是决定上去扶他一把,毕竟大冬天的。我扶他的时候,感觉他死沉死沉的,等我将他扶靠在墙上的时候,无意间碰到了他脖颈处裸露的皮肤,凉得吓人。我本能地意识到情况不对,试了试他的鼻息,我确定了一点:他已经死了。

（批注：得踅这里有墙。）
（批注：何止蹊跷,有没有这个人都说不定呢。）

我吓了一跳,虽然这不是我第一次见死人。进步学生游行的时候,巡捕可着实闹出了几条人命官司。但距离这么近的死人,我却是第一次见。我的第一反应是去报案,但很快,理智制止了我:在这么一条弄堂中,没有第三个人在场的情况下,我必然是第一嫌疑人。报了官,调查、口供,最起码两三天上不了工,保不齐还要吃牢饭。

当时我认为,这个男人应该是猝死,或者有什么病,秉着多一事不如少一事的想法,我一路小跑奔回了家。

回了家,我越想越不对劲,这男的皮肤那么凉,虽然是冬天,但体温也不至于下降这么快。刚才的触感,就像摸上了一个冰疙瘩。霎时间,我满脑子的鬼神之说,什么厉鬼索命、冤魂附身,在我脑子里挥之不去。晚上躺在床上辗转反侧,难以入睡。第二天迷迷糊糊醒过来,发现自己昏昏沉沉的,应该是伤了风。

试了试嗓子,总感觉有痰淤在嗓子眼儿里,这种状态是绝计说不了书的,否则非得让听书的打出去不可。脑子还没转完,就听见门外有"砰砰"的砸门声,揭过门缝一瞧,是黑皮。得啦,是福不是祸,是祸躲不过嘛。

我开了门,不用看我的表情都知道,我绝对不是什么好脸。

我把黑皮让进了屋,他不客气地坐在床上,自顾自地倚着我的被子垛。黑皮大名叫东方骏,今年五十来岁,看着跟六十多似的。他是上海市巡捕房的探长,跟我算是朋友,也是书馆的常客。平素为了先一步听我解扣,没少请我吃饭。看他今天这个架势,我心里往下一沉。

果然,黑皮进来说的第一句话就让我顿感不妙:"昨儿个下午四点来钟死的那号人物,你交待交待作案过程吧,怎么杀死他的?"

这一句话差点没给我吓得背过气去。我丝毫不敢隐瞒,把昨天的事情竹筒倒豆子似的都交代了,然后规规矩矩地立在墙角,等着他的裁决。没想到黑皮听我说完,嘿嘿一笑,露出了两排烟熏的大黄牙:"我就知道你小子不敢杀人,平常后厨杀只鸡都得背着走的主儿,我也就是诈诈你,昨儿有人看你出现在案发现场了⋯⋯你知道昨儿死的是谁吗?"

我摇了摇头,他站起身来,给自己倒了一杯水,润了润喉咙,又找了个舒服的姿势靠着："鹿万龙,是上海滩著名的买办——鹿家的成员之一。三年前,鹿家发生了一件怪事儿,鹿家上上下下七十多口人一夜之间全部失踪,只留下一个双目失明的小女孩。当时这件事惊动了整个上海滩,上海市长、工部局的总办、黑道大佬,都过问过此事,但是因为事情诡异且毫无线索,巡捕房鏖战两个月也没有获得进展,只能定为悬案。"他斜睨了我一眼,压低了声音,"所以你知道三年前失踪的人,昨儿个出现了,还恰巧就死了。你说这事儿背后没什么猫腻我都不带信的。"

　　还没等我有进一步的表示,他就从床上站了起来,抖抖自己的衣服,走到了我的身边:"我今儿来呀,就是想跟你说,这案子我接了。你现在有俩选择。第一,你多少算个江湖人,认识的三教九流也不少,这几天就别去说书了,协助我查查案子。这经费嘛……到时候给你俩子儿,第二个选择嘛,嘿嘿,你知道巡捕房现在多少人说你就是杀人凶手吗?到时候给你挂上铐子往里一带,第二天你不明不白死在牢里,这案子就算结了。所以,选择哪种,你好好考虑考虑,考虑好了,今儿下午三点,巡捕房找我来。"

　　说完,黑皮便风风火火地出了我家。我看着黑皮远去的背影,心里着实不是滋味。但谁让人家穿着官衣呢,也就咬牙认了吧。我走到床前,拿起黑皮喝剩下的水一饮而尽。随后呛得咳嗽了半天,捏了捏发胀的脑门,感觉越来越不是滋味儿。现在这个世道,天天都有死人,凭什么自己遇到的死人这么有来头。

　　下午三点必须得去一趟巡捕房了,黑皮表面上是给了选项,实际上就是让我来帮他查案。虽说在街面儿上摸爬滚打有些年头,认识的三教九流也不少。但是能对这件案子帮上忙的,恐怕也没几个人。这忙不帮还不行,黑皮的人性我是知道的。现在巡捕在街面儿上都有点势力,尤其是黑皮,他找人帮忙,如果被拒绝的话,那后果是真的严重。陈三儿,之前街上卖糖酥的,就因为不想惹麻烦上身,拂了黑皮的面子。后来呢?黑皮表面上没动他,私下却让人卖他大烟,好好的一个人就给抽废了,再然后查出了烟土,被关进了巡捕

批注:

- 不可能,这是个假的,这不是真的鹿万龙。
- [死的],都[三明黑][判断的][剩性]。[的确][这样的]
- 北方土话,指事件的漏洞、问题。
- 北方土话,镚子儿、大子儿、子儿,指的是小数额的钱。

[旁注：他是在伪装，他的能量超出你们的想象。]

房里，现在都听不到他的消息了，是死是活不确定。我有充分的理由相信，黑皮说的话，并不是单纯的恐吓。除非我跑出上海，但是出了上海我又能去哪里呢？

浑浑噩噩地出了家门，奔着正兴馆准备吃点好的。保不齐这就是最后一顿了，怎么能不犒劳犒劳自己。点了两道菜，温了一壶酒。正兴馆饭做得到底不错，但因为心里有事，吃的也是食不甘味，纯粹就是磨磨时间、想想对策。

眼见着还有半个多时辰就到三点，我自椅子上起身，站在饭馆儿门口拦了一辆黄包车。有气无力地说："给我拉到上海的巡捕房。"现在就连拉车的也涨了价，足足要了我两个大子儿。

[旁注：北方土话，"从"的意思。]

下了车，看着面前的巡捕房，我恶狠狠地朝地上吐了口浓痰，这是我能表达抗议的最理智的方式了。巡捕房里根本不像是出了命案的样子，这帮巡捕有翘脚看报纸的，有端着大瓷缸子喝茶的，就是没一个干事儿的。上海督察上次在接受采访的时候还说要整顿风气，为民服务。这税是涨了不少，风气没看出来整顿在哪儿了。

在巡捕房逛了一圈也没找着黑皮，眼见要到三点，怎么着也得问问黑皮的下落。我本是不愿意询问的，因为照例，进了巡捕房，开口就得递钱。肉疼地挤出了一个大洋，算是打听到了黑皮的下落——在验尸房。找了个年轻巡捕带路，拐了几个弯儿，总算是见着黑皮了。

验尸房在地下，阴冷阴冷的，平素这儿也没什么人，只有一个上了年纪的老件作。此时，黑皮就坐在椅子上，丝毫没注意到我来了。他胳膊肘杵在大腿上，手在下巴上来回摩挲着，不远处就是躺在解剖台上的鹿万龙。

"黑皮哥，我来了哈！"这种时候绝不能提事儿，只能表达态度。黑皮抬头看了我一眼，轻唔了一声，转手指着鹿万龙的尸体："去，你去看看去。"

"哎呦哥哥，我这人胆儿小。这当口……"我正推脱着，又见黑皮露出了他的标准动作，把手枪解下来拍在桌面上，紧接着拿了三块大洋往桌子上一拍，也不说话，只是斜睨着我。我太清楚这是什么意思了，没办法，上前草草地瞅了瞅尸体,伸手碰了碰。好像被冷冻过似的,梆硬。

"看出什么没有?"黑皮很沉得住气。他等我检查完鹿万龙的尸身,返回来把大洋揣到怀里之后才慢悠悠地开口。

"我哪儿能跟您比呀,我就瞎看,挺硬的,手挺糙的,脸上……"

"行了,这儿不是说话的地方。跟我来吧。"黑皮拿起枪,往兜里一揣就往外走。我给老仵作作了个揖算是道别,急忙忙地跟着黑皮出来了。

作揖,一种礼节。

世人知木文代表盘门，
但只有盘门传承才知木文真义。

0043
Hanoi

> 这民国话本也不知倒了几手，上面有许多前人批注。就不看了吧。

黑皮不知去何处，死因蹊跷竟成谜

黑皮带着我来到了一家咖啡馆，对于这种新奇的事物我向来是敬谢不敏的。这种西洋风格的装饰让我感觉自己与周遭环境格格不入，更不要说里面的餐品了。黑色的、漾着泡沫的酸苦饮品，我怎么也想不到洋人居然喜欢喝这种玩意儿。我问了有没有铁观音，得到否定答案后，只是要了一杯开水慢慢饮着。黑皮倒是点了一杯咖啡，我也不知道他是怎么喜欢喝这个东西的。

"除了手挺糙的，你还看出来什么别的了？"黑皮吹着咖啡上面冒出来的氤氲热气，显得漫不经心。但是从黑皮的这番举动我能看出一点卤来：他不在巡捕房问我，反而要在咖啡馆，莫不是六耳之故？

> 只看出这个鹿是假{的}？

> 北方方言，指看出端倪。

既然话都说到这份儿上了，我也没办法再装傻充愣，只好照实说："我还看出一些疤。舌头是蓝紫色的。"我看鹿万龙的时候，他的脸上确实有伤疤。

黑皮听完后将手中的咖啡一饮而尽，往桌上扔了一块大洋便出去了。黑皮这一点倒是不错，至少用大洋结账。现在一块大洋能换二三十个大子儿，看成色会略有增减。个别缺了德的也拿沙钱儿换大洋，这样的沙钱儿比一般的大子儿轻，扔到水里不会沉底，而是会浮在水面上，商家一般都不会收的。

我说书时跟南园书场是三七分账。当然，有的大先生是不分账的，赚多少都是自己的。书场也好，茶馆也罢，只能卖些茶水、零食。但这种大先生的本事我是确然比不了的。依着我们行当的规矩，开新书的头一天和最后一天，收入就不分账了，自己独得。其余日子，书场扣下了官家的税钱、帮派的会费，余下的钱都是与我三七开账，有时候上座儿的老爷多了，可能打四六的账。

> 行业

来书场听书的老爷们，大多用大子儿结账，有个别地痞用沙钱儿，书场要是能平就平了。碰着势力大的，平不了，也只能捏着鼻子认下。至于穿着官

7

> 我怎么看见我太爷爷的名字了？不对不对，天下叫这个名字的多了去了，我是有一点草木皆兵的感觉了。

衣的老爷们，诸如些巡捕、文员，往往连沙钱儿也不给，都是赊账。但真正有钱有势的老爷们是不在乎这俩钱的。夏景天儿的时候，有个帮办老爷来听我说书，来了八天，好家伙，光是赏钱就给了十几个大洋。

（夏天）

黑皮作为巡捕，不赊账，不用沙钱儿，回回都给真大子儿或者大洋，这在巡捕里是极为少见的。与黑皮作别之后，我也得对鹿万龙这件事情上上心了。黑皮的三块大洋哪儿是这么好拿的。我把小杯里的水一饮而尽，裹紧了大衣，用肩膀头子顶开门，眯缝着眼睛四处打量。凉风一激，昏沉的脑子算是清醒了些，想起该去找谁了。

（北方言，意：凉风吹受刺激）

浦东灯子，当年在道上也是有一号的。灯子大名黄登，家里有木匠手艺的传承。最早在青帮混，黑白两道都混得开。后来让人给阴了一道，也算是归隐了，在浦东扎了根。还好，当年木匠的手艺没丢，开了一间棺材铺，还讨了一房媳妇儿。混子们也知道灯子之前的名号，轻易不去招惹，日子过得也算不错。我跟灯子算不得多熟，之前南园书场被人找茬儿，托关系托到了灯子那里，灯子倒是挺仗义的，三两下把事儿平了，也没要钱，就是来书园白听了几天《施公案》。

（大意是了暗算）

若是论势力，许轮不上灯子，那些真正有势力的大佬我也是见不到的。可要论人脉，论见识，论这些街面儿上的事儿，灯子确实是首屈一指的。抬眼望了望天，东边已经渐黑，估摸着时辰，也快五六点了，赶过去灯子的棺材铺，许还能吃个饭。麻溜儿叫了辆黄包车，顾不得还价，直奔灯子的铺子去了。

到了灯子的棺材铺，看灯子还没吃饭，但他婆娘已经做上了。急忙忙告了个罪，请灯子到酒楼，把事情的来龙去脉跟灯子说完。"灯爷，事情就是这么个事情。兄弟我是真没辙了，请灯爷给兄弟我指条明路吧。"

（没办法）

灯子看了看我，又夹了口菜，拿舌头舔了舔满是黄渍的大板牙后才开口："兄弟，着急忙慌地把我叫出来就为这个事情？不是哥哥不帮你，兄弟你也看见了，要是三五年前，有事儿到哥哥这儿，哥哥绝对不带含糊。但是这两年哥哥也讨了婆娘，开了铺子，早就洗了手啦。这么着，这顿算哥哥我的，兄

> 怎么感觉地址都这么像？莫非它真不是话本？不对，可能是有人胡乱编的，就是借了个名字而已吧。跟这儿胡思乱想什么，明天还得应聘呢。

弟说的这事儿哥哥真的爱莫能助。"

"哎呦，哥哥，您可不能这么说啊。"灯子的拒绝在我看来是理所当然，毕竟谁也不愿意平白无故惹上这么大的官司，尤其还跟官家有关，这是灯子这类人最忌讳的。但是灯子没把话说绝，要是他真管不了，这时候已经叫小二结账了。

"灯哥，我的好哥哥，您可不能见死不救啊！我不用您亲自下场，您给弟弟指条路，之后出了天大的事儿我绝对再不烦哥哥一下。"我把三块大洋放在桌子上，并列排开给灯子送过去。看他拿了，心中算是踏实点，又不免有些心疼。下午刚从黑皮手里拿过来这三块大洋，还没捂热乎就给了出去，我这儿当这个过路财神是为谁辛苦为谁忙呢。

"鹿家的事儿我也听过，得有些年头了。我记得——把耳朵凑过来点儿。我记得鹿家出事儿的头天晚上，请了庆乐班过去唱堂会，结果第二天就出了事儿。后来庆乐班也解散了，你要认识庆乐班里面的人，保不齐还能问上一嘴。我也就知道这么多，兄弟，多了的哥哥是真帮不上忙了。小二，结账。"

虽然这三块大洋花得心疼，但是灯子所说的庆乐班里，我还真认识个人——司马云岫。她原来是庆乐班的青衣花旦，艺名儿叫春雀儿，是庆乐班的台柱子，跟我也有些交情。说白了，都是下九流，又不是同行，不担心呛行，自然得团结点儿。后来听说她去了苏州城，庆乐班在之后是一年不如一年，索性解散了事。而司马云岫转行当了歌手，就是不知道她现在苏州城哪儿驻唱。看来自己有必要去趟苏州，火车票定然是得黑皮帮我报销。

天色渐晚，我回家踏踏实实地睡了个觉。第二天一大早，黑皮便找上门。我跟他说了昨儿的收获，黑皮显得兴致很高。他往被卧垛上面一倚，抽出旱烟杆子点上，美美地嘬了一口，听着我讲述。

"这么说你认识这个春雀儿？"黑皮抬眼斜睨了我一下。

"哟，黑爷。我跟街面儿上混了这么多年，好歹还是认识俩人的。不过之前我是真不知道庆乐班跟鹿家的事儿。"

旁注：

（左侧）司马云这个没有她。是真的？"青衣"、"花旦"。

（右侧）司马云岫是什么人？司马这个姓氏很有意思，估计是化名。如果是按照我们的传承来讲，化名一般不会用司马，因为它是一个罪姓。

"嗯——"黑皮拖长尾音哼哼了一声,"不知道就对了,你要是知道了才算新鲜呢。你知道鹿万龙的死因是什么吗?"黑皮自顾自地问了我一嘴,还没等我接茬,他接着说。

"这事儿说来邪性,仵作……不对,得叫法医。据法医那边给出来的报告,鹿万龙身上没有外伤,但是体温远远低于常人。这么说吧,鹿万龙是活生生冻死的。当然了,冻死也没什么可新鲜的,可这事儿怪就怪在鹿万龙心脏和血液的温度远远低于表皮温度,是由内而外,不是由外而内,你懂了吗?"

黑皮一边说一边拿手比划,烟叶末洒在我床上不少。我赶忙打断,让他把手撂下再说:"黑爷,怎么说鹿万龙是由内而外冻死的?这可是够新鲜的。"

"谁说不是呢!你说这死法,确实新鲜吧。小子,还不瞒你说,今儿个你黑爷爷就准备出去一趟,我这边已经有信儿了,外地有个线人好像知道点什么。短则三天,长则半月,我肯定回来,你小子这两天,别给我出工不出力,好好帮我上点心。不是帮我,是帮你自己,懂吗?"黑皮正了正神色,随后从我床上起来,哼着不成调的小曲儿准备拉门。

"黑爷,我多嘴问您一句——您这趟奔哪儿啊?"

"怎么?你小子现在胆儿肥了?敢问巡捕的动向了?我去哪儿能跟你说吗?你小子现在的任务就是好好地找找你那些街面儿上的朋友,看看还有没有人跟这件事情有瓜葛。"

"黑爷您别开玩笑,我哪儿敢问巡捕的事儿啊,我就是好奇,得嘞,黑爷您放心,我肯定把您交代的事儿办得妥妥帖帖的。您就放心去吧,黑爷英明神武,亲自出马那不是手到擒来嘛。"看着黑皮没真生气,我也壮着胆子滑舌了两句,反正漂亮话不要钱,先把黑皮哄开心了才是正格的。

黑皮看上去心情倒是不错,不知道是来的时候心情就好,还是我这两句马屁拍到他心窝里去了,黑皮带上门,哼着凉了调的小曲儿,离开了。

今日停电，手机也没电了。点根蜡烛看几页就睡了，明天还要应聘。

回上海黑皮病逝，去苏州问询戏子

　　黑皮死了，就这么死在了我的面前。我费了好大功夫才确定死在我面前的这个人就是黑皮，他瘦得已经没了人样，皮包骨头一般。大张着嘴，干瘪的眼球凹了进去，看不到一点光辉，只有混沌。

黑皮是否真的死了？我查了巡捕房的资料，上面说黑皮是因公殉职。

　　虽说我也见过不少死人，但是一个你认识，甚至前几天还和你说过话、喝过酒的人，就这么直挺挺地死在你面前，相信搁谁心情都不会好受。

　　这事儿得从几天前讲起，那时候我还在上海，而黑皮已经走了几天。我不知道黑皮去了哪里，他也没跟我说。在黑皮走的这些日子，我没再查案，毕竟我是要吃饭的。黑皮给的三块大洋转手就没了，不说书只能喝西北风。过了四五天，我收到封电报，是黑皮寄给我的，让我去上海的一处筒子楼找他。我很奇怪他既然回了上海，为什么不干脆让我去巡捕房，而要去一处筒子楼里见面。不过既然曾经答应黑皮，那我还是得去一趟。在说完《铡美案》之后，我叫了辆黄包车过去。那地方偏得很，已经出了租界区，在圣母院附近。

　　跑了将近俩小时，总算是到了，多给了拉车的一个大子儿，算是赏给他的。按照黑皮电报上面所说，七拐八拐算是拐进去一道弄堂，找到了黑皮住的地方。刚打开门，一股浓郁的药味儿就传了过来，透过氤氲的药雾和刺鼻的药味，我看见房间的布局很是简陋——一张床，一个炉子，上面还咕噜咕噜地煮着药。依稀看床上躺着一个人，走过去看正是黑皮，前两天还精壮的汉子，此时已经瘦削得不成人样了。

　　黑皮挥了挥手，示意我走到床前。他看上去已经无力说话，只是朝床下指了指。我定睛细看，发现一块地砖有松开的痕迹，挪开后，里面赫然摆着三条小黄鱼和零散的五六块大洋。我正准备说什么，黑皮突然死死地拽着我的手。我想不通，一个瘦成这样的人怎么会有这般大的力气。当时黑皮跟我说了什么，我也没听清。被一个瘦得跟干尸似的人紧紧拉着，估计你也得吓得听不见声儿。不瞒各位，我当时差点吓尿了。现在回忆起来，只能隐约记起他

杀人灭口？这是在伪造他的死法？

说到了杀害自己的凶手,然后不断捶着自己的心口。

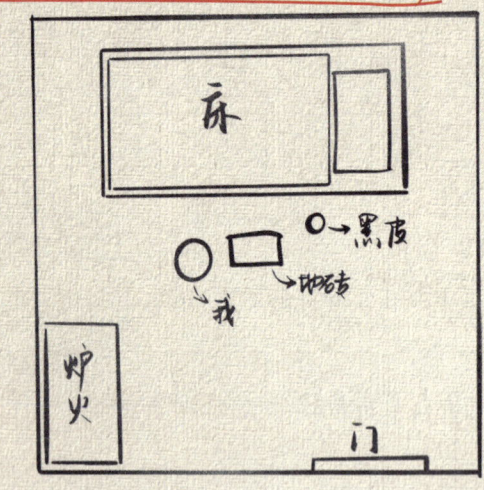

等我反应过来,黑皮已栽倒在地上,一探鼻息才发现他已经死了。我翻了翻他胸口的衣兜,里面有一张纸条和一张照片,纸条上面写着三个血字"王铁安"。想来他就是凶手吧。除此之外,背面还写着四个字"火山仙子"。照片上的内容则是一个黑乎乎的洞口,以及杂草地上露出的半个石碑,石碑上刻着字和奇怪的符号。可我一时却没什么头绪。

王铁安确实与盘门有不少关联,但是他并非是凶手。他只是观察和守护之人而已。这张纸条若非伪造,就是黑皮留下的线索。至于火山仙子案,那是一桩陈年旧案。死者的亲人照片是一座山谷。你有什么证据证明是假的?

符像理,这孩子刻,陈印还差。山门当青家被忍一为,火灭是长残的子因势而了。不对,照片分明是假造。

12

我在黑皮的兜里还发现了一张火车票，正是去往苏州的。我也不想多事，只想发一封匿名信给巡捕房，告知他们黑皮的死讯。但等我出了胡同才知道，黑皮把我给摆了一道，拉我过来的黄包车夫正在街口对我这边指指点点。这下我有嘴也说不清了，黑皮现在死在屋里，我手头又有三条小黄鱼，这往哪儿说都是谋财害命的案子啊！见状，我赶紧折回黑皮的房间，从后窗溜走了。现在唯一能洗清我冤屈的办法就是找到这个王铁安。

我小心翼翼地避过巡捕，穿小路走到火车站，买了一张火车票，连夜赶往苏州。在火车上，我才反应过来事情的严重性：那处房子一看就是临时租下来的，不是黑皮的家。黑皮临死还摆了我一道，这件案子已经不是我想不想参与，而是必须要参与。苏州这一趟，肯定是要去了。关于鹿家当年的事情，我也想早点问问司马云岫，看她究竟知道些什么。

然而到了苏州城，我才知道事情的复杂程度远不止如此。苏州我人生地不熟，也找不着那么多关系，这时候找司马云岫无异于大海捞针。我拿着黑皮给我留下的财产，先租了个小院儿住着。黑皮留下的钱，维持个一两年的开销还是没问题的。

说实话，我也不确定找不找得到司马云岫，我已经做好隐姓埋名一两年，等这段风头过去再悄悄返回上海的准备。这里面肯定有事儿，而黑皮临死给我做的套儿也从侧面证实了，巡捕房里面肯定不是一团和气，否则黑皮为什么费尽心思把我这个说书的拉进来？

事到如今，想抽身是绝对不可能了，我如果不把幕后主使找出来，那等待我的绝非什么好下场。现在的巡捕干别的不成，往你身上泼脏水、栽冤案的本事可谓一绝。话又说回来，黑皮临死玩儿的这一手可算是把我彻彻底底地坑进来了，不得不说，黑皮作为巡捕确实有几把刷子，亏我原来以为他是个只知道吃拿卡要的老棺材瓢子，现在一看，满不是这么回事。要说他是死诸葛，那我就是稀里糊涂没了脑袋的魏延魏文长。

刚到苏州那几天，我一直在码头和火车站两地晃悠，除此之外，还找了

13

个南城的茶馆，用化名说了三天书。这是我们说书的规矩，外地来的说书先生，囊中羞涩，求到同行身上了，那同行会让你在他那儿说上三天书，这三天赚的钱归说书先生自己。这一来能帮衬上，二来也免去了借钱的麻烦，凭本事吃饭嘛。

而我说书，自然不是因为囊中羞涩，而是为了留心消息。苏州歌厅我都找遍了，压根儿没打听出司马云岫。但是经过我的分析，司马云岫更大可能是在苏州南城这边儿，北城那边儿不太喜欢上海唱戏的。

南城的茶馆儿正是人流混杂的地方。每天说完书，我都会跟茶客们闲聊两句，主要是为了扫听扫听司马云岫的下落，说名字肯定知道的人少，谁没有个艺名儿啊。可我说了"春雀儿"这个艺名也是没人知道，打听不出一点线索，让我噌噌上火。

这天，我又照例说完书，揣把扇子在茶馆儿里面找了个位置坐下。下面有爱听我说书的，还管了我杯茶。我听着茶客们闲聊，有个商人模样的人吸引了我的注意，他说的是上海话。这种上海苏州两头跑的人，说不定能知道点什么。我一点点地挪蹭过去，顺嘴就攀谈了起来。他姓谢，家里做药材生意，早年父亲是行商，攒下了一份家业之后就当了坐商。

我听他口音是浦东那头的，就问出了那个我问过无数人的问题："老板，听您口音上海人吧？"

"嗯，听得挺准。"

"那老板您知道上海之前有个唱戏的，后来来了苏州当歌手，叫'春雀儿'吗。"我看他一愣怔，知道八成又没戏了，拨了拨茶叶末子，准备润润嗓子。

"春雀儿……叫什么什么司马的那个？"

"对！哎呦！"我激动之下一拍大腿，茶碗儿一个没拿稳整扣在我的脚面上，疼得我叫唤出声来，"您知道她？"

"老黄历了吧？她来到苏州改了艺名，叫'小百灵'。你光扫听'春雀儿'是扫听不出来的。得亏呀，原来庆乐班也演黄梅戏，我凑着听了两场，算是有

他叫谢棠，四十三岁，住在静安善道堂上，家有二子一女，女十九有婚约，次子十八岁，三子十二岁。他从见过司云岫。

作者故事发生在上海，文却向北方言。

印象。你找别人真不见得答上来。不过她现在在哪儿我可就不知道了。"

"没事,爷,您这就算帮了我大忙了。"

送走这位商人少爷,我忙去扫听小百灵这个人。果不其然,半天不到就得着准信儿了。敢情这小百灵压根不在歌厅驻唱,而是找了个戏班子,随着戏班子唱唱开场歌曲,只是不再唱戏而已。知道后我叹了半天的气——这两天戏班子也找了,可我报的还是"春雀儿"的名字,他们肯定是不知道的。

找到那个戏班子还是挺容易的,我也顺利地见到了司马云岫。万幸,她对我还有点印象。我俩叙了叙旧,我也自然而然地问到了她为什么改唱歌,原来她的戏可是出类拔萃的。司马云岫显然不太想提这个话题,反而问我究竟是来干嘛的。人心隔肚皮,我此刻肯定不能和盘托出,万一这是个见钱眼开的主儿,知道了我当逃犯的事儿,扭脸来个举报,那我就彻底活不了了。

我简短地说我受人之托来查案子,刚要聊具体要查什么案子的时候,司马云岫来了活,要到剧场演出。索性,我约她在"月明夜总会"见面,跟剧场是贴着建的。我特地订了一个包厢。毕竟有黑皮留下的三条小黄鱼,开个包厢还是绰绰有余的。我跟司马云岫约好,她唱完开场歌曲就来夜总会找我。

说实话,我不太喜欢夜总会的气氛,一堆少爷小姐在一起痴缠,偶有几个交际花,在人群中游荡。到处都充斥着低俗的气息,但是此刻我恰好需要这么个地方来掩饰自己的行踪。我听着夜总会刺耳的音乐,要了杯清水,在包厢里面百无聊赖地等着。要说打发时间,那抽烟无疑是最好的选择,旱烟差点儿,最好是大烟,但我肯定是碰不得的,我这身功夫全在嗓子上,把嗓子毁了,早晚得饿死在路面儿上。

可等的时间也太长了,甭说一首开场歌了,就算是司马云岫背唐诗三百首也该到了。我透过包厢瞅了眼外面的大钟,心里泛起了嘀咕:这娘们别不是骗我呢吧。我探出半个身子朝外瞄了一眼,正巧对上一个黑大个儿,还没来得及反应,那黑大个儿突然大声招呼道:"找到了!上面发话,死活不论!"

我一听这话，汗立马就下来了，一个懒驴打滚，趁黑大个儿喊话的功夫从他胯下钻过，接下来就甭说别的了，跑吧。

孤身误入龙潭穴,世上仍存隐世门

我滚过去回头一看,这黑大个儿正从怀里掏东西呢,黑乎乎的估计是枪。枪这玩意,我只在巡捕的手里见过,看来他们真的打定主意要灭口了?这时候,我一阵血意上涌,攒足了劲把黑大个拱了出去。随后便玩儿命似的撒丫子往外跑,刚才我撞倒黑大个儿的时候,听见了一声"砰",估计是枪走火了。而这声枪声,让夜总会一片大乱,趁着这场混乱我随着人流跑了出去。

在夜总会的正门,司马云岫赫然站在那里。她已经被几个大汉控制住,他们跟那个黑大个儿穿的别无二致,来不及多想,趁那些人不备,我冲过去将他们撞了个人仰马翻。司马云岫不愧是唱过刀马旦的,手上功夫了得,拉了个架势,挣开了束缚。转瞬之间,那些人只剩躺地上呻吟的份儿了。

夜总会那帮男人追出来,司马云岫一见那些人就脸色大变,冲我大喊道:"分头跑,我家见!"我这才琢磨过味儿来,这帮人恐怕有什么势力,要不司马云岫也不会这么着急。而且这帮人显然是有备而来,得了,接着跑吧。

跟司马云岫分开之后,我算是彻底犯了难,我来苏州不过就这么几日,苏州城的建筑、路段压根都不熟悉,没辙,我也学一学没头苍蝇——乱撞吧。不知道是不是老天爷心疼我,又或者黑皮不舍得我就这么没了,在那头儿暗地里帮我,不一会儿竟然下起了濛濛细雨。去过南方的应该都知道,南方下雨,雨滴不大,不像北方的雨点,豆大似的噼里啪啦溅得尘土飞扬。南方下雨,霖霖绵绵,像一道帘子似的,透过这道雨帘,人的眼根本瞅不了多远。

借着夜色和这场突如其来的冬雨,我算是没让人抓着,但一个分神没看前路,脚下一滑,一个跟头就栽在一道河沟里面,脚腕处一阵剧痛,甭说,准是崴了。忍着脚上的疼痛,我伸手探了探,河沟不算深,也就一米多。仗着有几分水性,我一个猛子扎进水里。估摸着追兵过去了,悄默声地从河沟子里浮起来，左右张望了一阵。确定没人再追来后，我爬上了岸，一瘸一拐地离开。

司马云岫跟我说"回家见"，可我不知道她的家在哪里，一番细琢磨后，我推出来点门道。司马云岫当着那么多人肯定不能把具体地点说出来，我跟她又没有什么共同地点，想来想去，只有她现在所在的戏班子。

我凭着印象，又是问路，又是看地标，跌跌撞撞走了大半个时辰，才算是来到了戏班子，司马云岫早就在戏班子里面等着了，看见我之后，劈头盖脸地就是一句："你还是快点跑吧！"

不等我搭话，司马云岫看见我这副惨样，不禁又"噗嗤"一下笑出声来。我把自己撂在凳子上，张着嘴，跟要死的鱼似的喘了半天气，又拿起水壶对嘴干了一气，才算是三魂七魄归了体。

"姑奶奶，我实在是不知道那些是什么人。就算跑也得有个路线吧？我之前可没招谁没惹谁的。"我整了整措辞，把事情的来龙去脉都算是解释清楚了。司马云岫瞪着我僵了十几秒钟，最终还是叹了口气："唉，你得确定你为什么被追杀。比如说你见到了什么人，拿到了什么东西之类的？"

司马云岫一直盯着我，我不由得有些奇怪，低头看了眼自己，不禁哑然失笑，原来我穿的长衫被剐成一绺一绺的，跟要饭的乞丐似的，鞋不知道什么时候跑丢了一只，浑身还湿漉漉的，活像只落汤鸡。

司马云岫自然地掏了掏我长衫中的物品，长衫已经湿透了，肯定要换一身衣服。我所有的东西，包括那张照片，都放在了长衫的里怀，现在全都被司马云岫拿了出来。司马云岫扫了一眼，将淋湿的纸条递给了我，然后拿起相对防水没什么损坏的照片看了两眼。接着，她从衣服架子上取了几件衣服，戏班子嘛，总不缺衣服。她的化妆手段还真是没的说，给我捯饬了一番，又贴了个假胡子，对镜一看，我自个儿都不敢认了。整理好之后，刚准备走，脚腕处一阵阵钻心的痛。刚才被追杀的时候，神经高度紧绷，倒不觉得怎样，现在松弛下来之后，才发现左脚脚踝已经肿得跟个馒头似的了。

戏班子肯定不能长待。随后，司马云岫找了辆黄包车把我们拉到了我的暂住地。她的家肯定是不能回，在这里她算是挂了号了，而我是刚来的，要调查我的身份可能还得费点功夫。我把自己往床上一摔，心里愤愤地咒骂着黑皮，给我派了这么一个倒霉差事。转念一想，黑皮已经死了，心里骂他保不齐他真能听见。我又赶紧默默地呸呸呸了几下，请求鬼神原谅。

"你知道他们是谁吗？"司马云岫给自己倒了杯茶，甩了甩手上的照片，将它递给我，然后便自斟自饮了起来。

"姑奶奶，我哪儿知道啊。我这还一脑门子官司呢。他们究竟是谁啊？"（形容心情烦躁）

"他们是谁，我也不清楚。"

"姑奶奶，您这不开玩笑呢嘛。哎呦！"我一着急，想站起来理论，没想到抻到了脚踝，哎呦一声又赶紧坐下。

司马云岫扫了我一眼，淡淡地说道："我也是耳闻，你知道世上有隐世门派吗？"

"武当少林？"我下意识地接口道。

"你真是书说多了，戏言能信吗？我说的隐世门派，都有巨大的能量。传说……传说蒋委员长的背后都跟他们有不小的瓜葛。"

"嘶……"

"我也没什么太好的办法，不过我早年间认识了一个帮办，传闻跟这些人有点关系。明天你跟我走一趟，看看能不能把事情说开了。"（民国时期的一种职位，帮助主管人员办理事务。）

…………

这一宿我在床上翻来覆去，摊上这么个事儿谁能睡得好！倒是司马云岫，睡得挺香。早上等她好不容易醒了后，我们叫了个黄包车，前去拜访帮办。帮办姓李，是个四十多岁看上去有些富态的男子。

"嗯……你说他们穿着黑色衣服，身上都有影子的文身？"李帮办如是问道。

"对。"我从他们手里跑出来的时候，确实看见好几个人身上都文着个黑影。

旁注：影组织确实是镜门的附属组织，但是他们并不做暗杀的事情，更多的是做一些情报收集类工作，旨在如同影子隐在身侧，但却不可察觉。

"你可惹了大事儿了，他们门派叫'影'，上面就是传说中的……咳咳！"李帮办只是重重地咳嗽了两声，用手指了指摆在一旁的大落地镜子，"他们门派专门干一些暗杀、绑架之类的事儿。"

"李老爷，这事儿是个误会，那些人肯定是认错人了，您看看能不能转圜一二。"司马云岫轻声细语地开口，我听完之后骨头酥得只剩下了二两重。

果然，李帮办也是满面笑容，拿了茶盏轻嘬了一口，貌似漫不经心地问了这么一句："听说你是上海来的，黑皮，认识吗？"

"认……"我刚要回答认识，发现李帮办的眼神中透露着不善，但是"认"字儿已经脱口而出，此时如果否认，恐怕欲盖弥彰。我只能顺着我的话茬儿往下接："认识！黑皮嘛，上海街面儿上面算命的，因为背后有块胎记，所以我们叫他黑皮。怎么，他跟您有什么瓜葛？"

"他叫什么？"

"闫飞！"

李帮办招了招手，一个管家打扮的人走过来附耳对着他耳语了几句，李帮办的眉头微不可查地皱了皱，随后挥了挥手："嗨，没事，他前几年来苏州，借了我一笔银子到现在还没还，我知道他在上海就好办了。行，没事儿你们就走吧，这个事情……"

"知道知道，我这儿有五块大洋。您也知道，这个世道……"

我还想再说什么，李帮办冲我们挥了挥手，示意让我们赶紧滚蛋。我把五个大洋恭恭敬敬地放在桌子上，作了个揖，拉着司马云岫赶紧出来。

出来之后，司马云岫满脸怒容，低声质问我："咱昨儿不是聊好了给两条小黄鱼吗？五块大洋，你打发叫花子呢？"

我比划了一个嘘声的手势，连住所也不敢回，只找了一个客栈下榻。到了客栈，我可算是松了一口气，在心里默默道：闫飞，我算是对不住你老小子了。闫飞确实是上海街面上算命的，背后也的确有块黑色的胎记，不过我们都叫他"黑背"，而不是"黑皮"。今天李帮办这么一问，我只能匆忙地把闫飞说出来,他和这些事情算是半毛钱关系都没有的。

我来苏州,事前没有和任何人说关于黑皮的事情,李帮办今天这么一问,说明他肯定知道些什么。如果我照实说出来,今天恐怕就凶多吉少了。我只说了我被追杀,可没说因为什么。今天李帮办一问,我才明白过来:八成是因为黑皮的事儿,或者说,是因为鹿万龙的案子。想到这里,我嘴里发苦,早知道就不干这个出力不讨好的事儿了。至于黑皮留下来的小黄鱼,决计是不能给的,谁知道小黄鱼上有没有什么印记。退一万步讲,一个说书的和一个戏子,怎么能攒下来两条小黄鱼呢?如果李帮办什么都不知道,给出去倒罢了,现在李帮办明显知道点什么事情,我怎么能自己给自己挖坑。

我把事情跟司马云岫一说,司马云岫也惊出了一身的汗,正准备商量下一步怎么走,突然楼下传来一声吆喝。我一听,好么,终于碰见一号熟人了!

0072
Bangkok

将镜门与盘门和盘托出，莫非真的是想隐藏自己？一个杀手组织又因为什么要隐藏自己呢？

我作一些猜测：

获得了一件连他们也无法掌控的宝贝，怕引来灭顶之灾。或者，有不得不主动消失的计划，比如说……暗中复明？也有可能，他们陷入了极度的虚弱，现在可能不堪一击……

隐世巨擘分阴阳，一日镜来一日盘

（批注：为了藏自己就暴露镜门和盘门了，难不怕报复？）

"老板，信来了。"

就冲这声熟悉的吆喝，我都不用看人，就知道来者是谁：顾晋。甭看他名字人五人六的，实际上早年间是个街溜子，后来家里面父母都走了，可劲儿花钱，又没有营生。到了三十郎当岁的时候，家里的祖产都让他给败光了。好在早年间粗习过几日拳脚，还算有膀子力气，搭上了自己父亲故友的线儿，混了个信差的差事干着。但是这两年，蒋委员长上台，日子过得乱七八糟、乌烟瘴气的，邮局早就成了摆设。

（批注：游手好闲、不务正业之人。）
（批注：体格健硕）

顾晋在邮局也干了五六年，人认识得不少，加上他跑腿快，索性凭借着昔年的人脉接一接私活，还算能挣一口饭吃。我跟顾晋是在五六年前认识的，那时候我有个听书的老主顾出差，托我把每天讲书的大略给他写过去。我便找了顾晋送信，纨绔子弟出身的顾晋就算有千万般毛病，但人还算是讲义气，所以我跟他一来二去也就熟络起来，毕竟都是在街面上混饭吃的，低头不见抬头见。

（批注：晋能为他为我干得什么义？说过人，简单。）

我走下楼，站在楼梯口的当间，看顾晋取下一个油纸包，递给客栈老板："您儿子跟上海给您的平安信，这里头是给您的孝敬，跟上海的点心。这点心您尽快吃，我送来就已经两天了，别再放坏了。"

"差事，差事！"顾晋的外号叫"差事"，一来二去我们便都这么叫了。

"哎，来喽！"顾晋先是习惯性地答应一声，随后再用眼睛四下寻摸，扭脸看见了我，"你老小子，我说这两天书馆瞅不见你，怎么躲到苏州享清净了？"

我冲他比了个手势，意思是这儿不是说话的地方，让他到楼上客房细说。顾晋跟老板告了个罪，便跟着我一起上了楼。进屋之后顾晋一眼就看见司马云岫，看他的眼神儿就差问出"小娘子年芳几许，可有婚配"这样的混账话了。

（批注：顾晋在书中的身份是信差，但是若读完小说后即可发现，此人绝非一个简单信差。他不属于我们，也不属于他们。）

"小娘子年芳几许，可有婚配啊？"

得，顾晋还是问出来了。回答顾晋的是一个飞过来的茶盏儿，顾晋赶紧把茶盏儿搂到怀里，避免了茶盏跟地板接触后粉身碎骨的下场："脾气还是这么大，怎么跟这个老小子混在一起了？"

"你但凡有个正行，我也不至于这样。"司马云岫没好气地回了一句。

顾晋这厮跟司马云岫竟然是旧识，这我倒是没想到的，不过转念一想，也就了然。顾晋天天跑南跑北的，司马云岫也是先在上海，后到苏州，两人相识也不算稀奇。这样一来，倒是省得我费口舌去给他们一一介绍了。

根据我对顾晋的了解，这个人还是信得过的。当下这焦头烂额的事情，多个人出主意总是好的。我特地查了查客栈的隔音，还算不错，搬个凳子坐下，压低声音跟顾晋说道："差事，哥哥我遇上事儿了。"

我把事情的来龙去脉说完后，看顾晋的脸色不是很好，是一种后槽牙遭了蛀虫一般的表情。他用一只手敲着桌子，斜楞眼瞅着司马云岫，半响才开口："哥哥，你这不是惹上事儿了，你这是捅了天了。这帮子人的来路……"

"来路是什么呀！"我着急地催促道。

"来路我也不太清楚。"顾晋突然一个转弯，硬生生把之前要说的话给咽回去了。

我听完这句话之后差点没站起来抽顾晋一个嘴巴，但是司马云岫却直接示意我将黑皮留下的那张照片拿出来。我虽然不知道司马云岫的用意，但还是照做了。司马云岫接过我手中的照片，一只手拿着，手掌遮挡了小半个照片，在顾晋面前晃了一下。顾晋看到照片后，吞了吞口水："这……你们哪里得来的？唉，算了，我也不问了，是福不是祸呀……"

顾晋嘟嘟囔囔了一些有的没的，随后继续说道："在春秋的时候吧……"

"你小子是不是故意的！春秋是什么东西！"我火气上涌，差点就拿起茶碗扣这小子脸上了。

"你甭急啊，这事儿还真就得从春秋说起。"顾晋瞪了我一眼，拿起茶盏儿呷了一口，准备开始讲述。

"我就知道你得知道些什么。"顾晋刚刚酝酿好情绪的时候,司马云岫突然玩味地说了一句,又把顾晋的话给打断了。

"别打岔,我刚刚不告诉你们不是怕惹麻烦上身吗。我们家老爷子活着的时候,干过'白蚂蚁'——就是捐客,但是这捐客吧……嗨,我跟你们说这个干嘛。"顾晋缓了口气,接着之前的话茬儿说起来。

"在春秋的时候,你们知道伍子胥这个人吧。伍子胥逃楚奔吴,后来为父报仇,一路带兵打到郢都,给楚王的坟头扒了,一顿削……"

"那叫开棺戮尸,你能捡点有用的说吗?"我看着顾晋半天入不了正题,急得直冒火,惹上的那个"影"组织,又加上李帮办,哪个都不是善茬儿。好不容易找着一个能摸清楚跟脚的人,能不着急吗?相比于我,司马云岫就淡定多了,她捧着茶盏儿有一口没一口地喝着,不时还透过窗缝看看街上的景色。看来她比我了解顾晋,这孙子说的话里面十句有八句是废话。

"别催别催,这就到重点了。你这么想啊,伍子胥为了给父亲报仇,得积蓄自己的力量吧?他找了许多精通铸造机械的工匠,养在自己的门下,为自己提供装备支持。伍子胥报了仇,但是后来吴王不又把伍子胥给弄死了吗?那些匠人们就自己组成了一个门派,这个门派就是盘门。你想想,从春秋就有,延续到现在,哪怕是个捡破烂的组织,他们的能量和人脉关系也不能小觑吧?"顾晋越说越玄乎,从怀里掏出一个鼻烟壶抽了起来。

> 这故事编得有点意思。

> 形容玄虚而难以捉摸。

"盘门又是什么?我这不问李帮办和那个什么影的事儿呢吗,你不会跟这儿编着骗我呢吧?"我不禁有点怀疑,毕竟这个事情有点过于奇幻了。

"爱信不信吧,你听我接着说。后来,在魏晋南北朝的时候,盘门内部反正有点什么变动,就理解为分裂吧。盘门一分为二,一个还叫盘门,新分裂出去的门派叫作镜门。从此之后,这两大门派水火不容,一直明争暗斗,直到今天也没分出个胜负。至于那个什么影组织,我家老爷子说他们是下属于镜门的一个分支,可能主要是打探情报的。这方面我也不太确定,我就知道这么多了。你要惹上他们,我劝你赶紧给自己订口棺材,这样死得还体面些。"

> 差不多知道这本书的作者的来头了,恐怕就是顾晋的作风,他们出来恐怕就是和入门趟浑水!爱信不信会导致这页无出路?

"得了，我借您吉言吧。"我没好气地回了一句。其实当他说到镜门的时候我已经有些相信了，因为之前我和司马云岫去李帮办的家中时，帮办曾经指向那面铜镜子，我当时便觉得蹊跷，此时的"镜门"算是解答了我这个疑虑。

"唉，怎么办呢？"我敲着桌面，揉着额头。黑皮真的给我找了个好活，这乱七八糟的一堆事儿。估计我现在已经被镜门的人惦记上了，而且李帮办绝不可能真的只是问问黑皮，他与此事绝对有关系。为了印证我的想法，我拉着信差和司马云岫回了一趟我的暂住地，果然，狼藉一片，所有的东西都已经被翻过了。所幸我有个好习惯，重要的东西都是贴身携带，他们没有找到黑皮给我留下的小黄鱼。

得了，是福不是祸，是祸躲不过。无论怎么着，李帮办和影组织都不会放过我。伸头一刀，缩头也是一刀，与其畏手畏脚，还不如查查黑皮纸条上留下的凶手"王铁安"究竟是谁。其实在来苏州的时候我询问过王铁安的身份。传说他之前是个厨子，但是近几年却没什么消息了。如今不能大张旗鼓地搜寻，我就冒险出去打探消息，却发现被人盯上了，我玩儿了命地往巡捕房方向跑。他们投鼠忌器，也不好太过猖狂，才让我侥幸逃过一劫。眼见调查陷入绝境，却不想柳暗花明又一村。

[旁注：我倒没听过李帮办的名号，可能与之亲近的是另一脉吧。]

[旁注：李帮办与镜门很近，常近。]

没想到阴差阳错进了快递员的面试。不过好歹是过了,明天就能上班。

苏州府陈年旧案,返上海欲见苦主

说及这柳暗花明又一村,我也算是因祸得福。我跑到巡捕房后,正看见巡捕房上面挂着画像。这画像我曾经见过一面,画的是李安。李安原来是苏州巡捕房的巡捕,后来调到了上海一阵子,之后又调回苏州。干我们这一行的,巡捕房里有多少人,一个月预备多少孝敬、多少例银,都得记在心里。否则有一个照顾不到的,人家随便申请个停业整顿下来,就够你喝一壶的了。

李安在上海当差的时候,跟黑皮挺熟,要说人性也不算太次,但绝对算不上好,吃拿卡要反正是一个没少,吃饭不给钱,听书不买票这都正常不过。但相比于其他巡捕来说,他还是有一丝人情味的,至少人家愿意跟你聊两句。在上海干了不到半年,李安就调回苏州当探长了,论官衔比黑皮高了整整一级。再后来就没听过他的消息,直到被人追得入地无门的时候,恰好见到李安的画像才想起有这么一号人。本来还指望着他给我说和说和,但跟人打听后得知,李安已经死了快两年了。上面报的是因公殉职,还被苏州官方树立成了典型,之前干的缺德事儿也都成了正面素材:吃拿卡要这算是深入地方,胆小怕事呢,叫作风谨慎。得了,反正笔杆子在人家手里,想怎么写就怎么写呗,反正人已经死了,他就是跟玉皇大帝拜过把子又能怎么样呢?

在扫听到李安的消息后,我高兴不起来了。一来认识的人死了,虽说人不怎么样,但死了就是死了,人死不能复生。二来李安死了,我又少了一条能走的路,还得继续找寻线索,不免有些颓废。话说回来,李安的死还是让我有些疑惑的。李安这个人,外号李三枪,三枪都打不中的人,向来都是有好处我上,送死你去,怎么说因公殉职就因公殉职了呢。我叼着花生米有一搭没一搭地和顾晋聊着李安殉职这件事。我俩闲得乱猜,而司马云岫,她已经一个人出去打听线索去了。

"你都泥菩萨过江,自身难保了,还有功夫关心李安是怎么死的?您这心可够大的啊!"不知道什么时候,司马云岫已经回来了,拿着一摞卷宗扔

旁注:
- 当年去家,现死了,被后人了吗?
- 火灭调但不一致后人替李安这的个。是一道,是一序者,为了什杀人灭还是卷入了争斗?
- 北方方言,指"差"的意思。

在我面前，没好气地白了我一眼，找地方坐下了。自从招惹上李帮办和影，我们现在几乎是一天换一个地方，生怕被找到。本来出去问线索的事情应该是顾晋去做，他脸生，又是信差，出入方便，但是这个小子死活不愿意去，说是危险。

我更不能出去了，第一我从上海来，人生地不熟的；第二无论是影还是李帮办，对我"照顾"的优先级那可是大大高于司马云岫的。顾晋不去，便只剩下司马云岫。毕竟在戏班子里呆了这么多年，会几手打扮，捯饬后跟原来的样貌相比，只有六七分相似，再穿双高跟的鞋子，穿件高领的外衣，很难被人一眼认出来。

司马云岫出去调查了两三天，收获颇丰，我摊开桌上的这堆卷宗，挨个核对，直到看到司马云岫调查的那些线索传言，我才知道原来黑皮与李安竟然把兄弟，而且，鹿家失踪之前所邀请赴宴的人中，就有李安。随后不到一年，李安就因公殉职了。黑皮平常是个巴不得案子离他越远越好的人，竟然会主动接起鹿万龙的案子，<u>原来是因为李安，看来黑皮也觉得李安之死并非只是单纯的因公殉职</u>。

我又让司马云岫去调查"王铁安"。果不其然，王铁安也参加过鹿生一家失踪前的宴请。除此之外，李安在这之前只办过一件案子——"火山仙子灭门案"，这件案子就是他被提拔为探长的关键。火山仙子灭门案！这下我总算明白黑皮在纸上写下的"火山仙子"四个字是什么意思了。现在看来，黑皮调查的主要人物并非鹿万龙，他只是一个引子，真正要查的是李安，或者说，是让李安"因公殉职"的那些幕后势力们。火山仙子灭门案与鹿万龙之死必然有着某些关联。现在黑皮死了，这调查任务落在了我身上，那些人自然会盯上我。我被追杀就是最好的证明。

现在的关键就是要拿到火山仙子灭门案的卷宗，否则一切都是空谈。但我们不是在职巡捕，也没有什么别的门路，如何拿到灭门案的卷宗确是一桩苦事。正当我们冥思苦想的时候，司马云岫倒是出了个损主意。

黑皮和^{...}虽然曾^{...}一个探^{...}但是他^{...}感情真^{...}么好吗^{...}者说黑^{...}调查只^{...}为感情^{...}因为利^{...}更大胆^{...}测，是^{...}作者借^{...}皮的名^{...}编了一^{...}谓的经^{...}来达到^{...}目的。

我听完之后气得三尸神暴跳，因为这个损主意的倒霉人物就是我。我们现在确定如下两点：第一，李帮办和影都要抓我；第二，影和李帮办不是一伙的。司马云岫的意思就是，让我暴露身份，引来李帮办和影的追杀，地点当然要选在巡捕房附近。一乱起来，巡捕房肯定会出门问询，借此机会，司马云岫潜入巡捕房，偷取卷宗。

这个计划能不能成功就看一点，我能不能拖延足够的时间……

虽然这个计划算是把我给豁出去了，但是按照眼下的局势，有计划总比没有强。与其坐以待毙，不如奋力一搏。而且，司马云岫规划好了我的逃跑路线：在距离出发点大概一里地多的地方，<u>有一个偏僻的拐角，角落里堆满垃圾，我届时爬上拐角的墙，跳进垃圾堆里，把自己埋入垃圾里面。而顾晋则会在这时穿着和我相同的衣服从另一头跑出</u>。等追兵走了，我再顺着另一条道返回接头点。

除此之外，司马云岫兑换了百十枚铜钱揣在身上，说是有妙用。踩好点之后，在行动当天，我坐在巡捕房对过的茶楼里面，司马云岫已提前将我的所在地匿名告知了李帮办和影组织。我这儿刚上来一壶茶，还没喝上两口，就见到了两路人马。啥也别说了，跑吧。

两路人马紧追不舍，果然闹出了极大的乱子，巡捕房内一阵骚动。我借着混乱，一路狂奔。好在天公作美，又是个阴雨绵绵的天气，路面湿滑，后面的追兵跑得也不甚快，我按照计划翻墙扎入了垃圾堆，这味儿差点没给我熏过去。

等了一刻钟左右，确定了追兵远去，我顶着一身的"芳香"回到了接头点。过了一阵，司马云岫也回来了，我看她也经历过一段长跑，裙摆处有些凌乱，隐隐的露出了一个木头似的挂坠，但是很快就被司马云岫遮掩住了。

至于顾晋，我们约定好了在上海见面。在苏州这么一闹肯定是待不下去了，只能先回到上海。影组织这次没抓到我，估计会气急败坏，加派人手。我人生地不熟的不见得能再像这回这么幸运了。而上海我

没有生活，垃圾堆藏人并不现实。所产生的废气会将一个成年人熏晕的。这只是为了给拿到卷宗一个合理的解释。

住了十多年，就算影组织在上海也有势力，我相信我也能全身而退。

"喏，这就是卷宗。"司马云岫捋了捋额前被雨水打湿的秀发，姿势颇为撩人。注意到我直勾勾的目光之后，司马云岫没好气地弹了我一个脑瓜崩："你好好看卷宗，明天咱们坐船回上海。"

我翻开火山仙子灭门案的卷宗，讲的是苏州帮办苏长青一家被灭门的事情，只有他们的一个女儿苏璇逃了出来，后来化名白玫瑰，在舞厅干了一段营生。这件案子写的是"结案"，凶手也已经伏法。但我总觉得哪里有蹊跷，看来是时候找一找这个苏家灭门案的遗孤问一二了。

"苏璇，苏璇……"我总觉得这个名字挺熟悉，但一时半会又想不起来在哪里见过，直到在回上海的船上看到一份报纸。报纸上面赫然写着"上海妇女联合会副主席苏璇将出席剪彩仪式"的标题，我才恍然大悟，接下来，便应该去找苏璇了。

所谓的苏家灭门案是最想得到天子玉的组织所为。他们要保护建文帝及其后人。并且，苏家灭门案中并无人获得天子玉，而天子玉最终辗转落入鹿生手中，可以知道，当年肯定是鹿生拿走了天子玉。

火山仙子灭门案唯一的幸存者就是苏璇，初主要后八组，为了争天子玉才灭了璇满门。而苏璇后来被证实没有拿天子玉，视得还不错。

苏璇除是上海妇女联合副主席外，还是天乐幕的老板。

上班果然忙，不过还是得看看这本书。

回上海落入敌手，陷绝境何处逢生

我们订好了船票，准备连夜返回上海，至于顾晋，现在也没时间通知他了。为了保险起见，我和司马云岫分船而行。与司马云岫说的自然是怕影组织埋伏，但是我却另有考虑：影组织追杀的是我和司马云岫，应该都是与鹿家一事相关。但是司马云岫跟鹿家产生关联是三年之前的事情了。为什么早不抓晚不抓，一定要在我去寻找她的时候抓她？

我倒不是怀疑司马云岫，但是这个事情实在蹊跷，司马云岫帮我的理由也有些站不住脚。现在这种情况，自然是能防就防一下。坐船一路来到上海码头，刚一下船，还没来得及看看周围，我就被一群人团团围住。这帮人都拿着枪，把我围得水泄不通，看衣服正是上海巡捕。

"罪犯穷凶极恶，如遇反抗，可当场击毙！"带头的巡捕大声喊道，我一听立马不敢动了，高举双手，缓缓地蹲在地上。好家伙，我都是穷凶极恶、可以当场击毙的主了，就别惦记着跑了，老老实实束手就擒吧。被巡捕带走时，我扫了一眼司马云岫所坐的船，那艘船倒没人搜查，我的心算是放下了一些。这样虽然我进去了，但是司马云岫在外头，即便我死了，也还有人知道我是清白的。最重要的是，我的事儿没连累到司马云岫，这让我的心头好受许多。

一路被带到巡捕房，在审讯室，我被绑在椅子上。不多时，从外面进来一位巡捕。我一看，是探长，这探长之前我还认识，姓陈，我们之前都叫他陈头。陈头背着手走进来，盯着我说："小子，你敢杀黑皮，胆子不小啊！"

我知道，这是巡捕审讯的惯用伎俩。他不问你杀没杀，而是上来就给你个定论。许多冤假错案都是这么定的性。我自然不能承认，当即便叫起撞天屈来："老总，我冤枉啊，我没杀东方骏，我检举，我举报，东方骏老总是王铁安杀的，我有证据！"

"什么证据？"陈头扯了把椅子坐在我的面前。

旁注（左上）：纸条有了，但是没理由搜不到照片。照片的下落去了哪里？

"老总，在我兜里，上衣兜里面有张纸条。这就是东方骏老总给我的，上面写着王铁安的名字，您看看，您看看。我没杀人。"我尽量把语气放平缓，让自己显得不那么歇斯底里。如果将恐惧完全暴露，那这帮巡捕可就认定了你没有后台。

但是这次的巡捕并不吃我这一套，陈头拿出我衣服兜里的血迹纸条，也就是黑皮留给我的唯一"遗书"，看了两眼便直接撕碎了："王铁安？没听说过。我怎么能知道这是不是你提前伪造好来扰乱视听的伎俩呢？"

"我……"我实在是无法辩驳这胡搅蛮缠的话。

"押下去，严刑拷打，我看他还能不说出点什么！"陈头下了令，两个巡捕如狼似虎地把我给架上刑架，边上就是蘸了盐水的鞭子。俗话说伤口上撒盐，蘸了盐水的鞭子抽在身上一抽一道血痕，万蚁噬心似的那么沁着疼。

"我说！我找了李帮办，在苏州，他说他能帮我！"我实在受不住刑，又不想出卖司马云岫，只好说些半真半假的话，企图蒙混过关，转移一下他们的注意力，也好让我少受点皮肉之苦。果然说了李帮办之后，这帮巡捕便去禀报了，我也得以缓一口气。

过了一会儿，陈头亲自进来了，点了一支烟自顾自地抽起来："你说苏州的李帮办？他怎么帮你？你们之间有什么交易？"

"我跟李帮办有旧，他可以帮我的。东方骏死后，我就去找了李帮办。但是王铁安，就是那个凶手，他所在的组织叫影组织。我被他们发现了，他们便开始追杀我。我没办法，找李帮办寻求帮助，我回来上海的船也是李帮办安排的。"此时我已经满嘴瞎话。我看他们听到李帮办有所顾忌，索性彻底把李帮办的大旗扯起来，万一能唬住他们呢。

"影组织？"

"对对，他们的组织专门搞暗杀。我还知道，他们每个人身上都有个影子文身。他们才是幕后黑手！您可得明鉴呐！"我急忙把影组织抛了出来。好歹也是说过几年书的，内心略一琢磨，就已经编了一套李帮办急公好义、影

旁注（左下）：并非如此，影组织曾经只是侵吞过清朝的赔偿银而已。准确地说，它更像是一个利益组织。

组织杀人灭口的戏码。但是陈头听完之后,没有再说话,只是将烟头踩灭在地上,一言不发地走了出去。我冲他的背影,扯着破锣嗓子喊道:"陈头,陈老总,你得相信我,影组织确实是幕后黑手,我愿意作证!"

陈头出去之后,原本审讯我的那两个巡捕也出去了。后来我被人从审讯室带到号房当中。一进号房,我就摔了一跤,麻木的伤口又开始疼起来。手一碰,就钻心地疼。晚上,有个巡捕过来让我在审讯书上签名。我拿过审讯书一看,内容竟然是"后日执行枪决"。我肯定抵死不签呐:"老总,老总,这是误会,这肯定是误会,我没杀东方骏,我没杀人,不能就这么判我死刑啊,我要上诉,我要上诉!"

回应我的是砸下来的枪托。这砸下来,我脑瓜子嗡嗡的,委顿在地上,嘴里肯定流血了。那巡捕抓起我的手,蘸了蘸血,迫使我在判决书上摁下手印便离开了。等我从地上挣扎起来,已经知道这事情无法挽回,颓废地倚靠着墙垛,脑子乱哄哄的,不知道是因为马上就要死了,还是因为刚刚枪托砸下来的后遗症。

不知不觉中,我昏昏沉沉地睡去。迷迷瞪瞪的,我突然听到有人叫我。睁眼一看,面前站着的不是别人,正是司马云岫。此时司马云岫正拿着钥匙给我开锁呢。待我们逃出号房后,我还有一种如梦似幻、如坠云雾的感觉,直到司马云岫戳了戳我:"接下来,我们去哪里?"

"啊?"

"上海,我已经好几年没来了。你别告诉我帮死囚越狱后,我们没地方躲。"

"哦哦。"我这才从那种不真实感中抽离出来,伸手摸到身上的鞭痕,生疼!看来这不是做梦。司马云岫搀着我,我指向西南边的路,"往那边走,铲子在那边住,我们先躲两天去。"铲子是我认识的包租公,他在租界以南有点房产,人也挺讲义气的,可以先过去落个脚。

趁着夜色,我们一路狂奔,总算在天亮前到了铲子住处。跟铲子说明了来意，他倒是二话没说就给我们准备好一间房子。安顿后，司马云岫才跟我讲她救我的过程。她说得很简单，用小黄鱼和美色诱惑了看门的巡捕，在酒里下药把他们药翻，找到钥匙把我救了出来。但是我知道，这其中可是险象环生。司马云岫救了我一命，虽然不知道她的目的是什么，又为什么帮我，但救命之恩不能不报。

铲子给我们准备的老房位置十分偏僻。其实，铲子能做到这一点已经是很讲义气了。毕竟人家也是有家业的人，司马云岫已被我拖下水，再拖铲子下水，我良心上过不去。

唉，当初我就不该跑去苏州，黑皮死后，我就该直接拿着他留的小黄鱼前去巡捕房报案。这样一来，小黄鱼肯定是一点儿也落不着，但好过现在这样随时有可能丢了性命的局面吧。这两天，我和司马云岫说的话加起来也没十句，本就破旧的老房弥漫着一股压抑的气氛。说话，说什么？无非是怎么破局，这点我们都心知肚明，但是现在摆在我们面前的两条路，无非跑或者拼，但明眼人一眼就能看出来，跑跑不掉，拼拼不过。何况我已经被判了死刑，巡捕遇到直接就地枪决，连申辩的机会都没有。并且我看得出来，巡捕房对于这次事件分外上心，别的不说，我几次裹严实了想出门，还没走几步就远远看到巡街的巡捕，只能原路悄悄返回。要知道，这地方可是郊区，别说租界，连上海市都快出了。

现在只能是过一天算一天，祈祷巡捕主动撤退。铲子把我们安排进来后再也没来过，其实是我不让他来，他来了可就是共犯了。房间里吃喝的东西不多，头一天就吃完了。我看着司马云岫憔悴的神情，心中十分过意不去，毕竟她到了如今境况是因为我的缘故。

"不行，我们不能束手待毙。我决定出去找点吃的，就算死，也得做个饱死鬼！"我咬定牙关，思虑再三后决定出门搏那一线生机。

"我跟你一起去。"司马云岫轻声开口。

"不行，你已经因为我受了太多委屈。我不能再……"我说到一半便说不下去，司马云岫也未拒绝我，只是一双眼睛眨也不眨地盯着我，盯得我有些发毛。片刻，我发狠一拍大腿，"罢了，要死一起死，一起去！"

我和司马云岫化好妆，但这毛巾包头，怎么看怎么不像是好人，索性改正常打扮，只是在脸上抹了些灰。殊不料，刚出了一条街，一个黑布袋就套在了我的脑袋上，随后我人事不省。

这下完了。

0124
St. Louis

0134
Dallas

前尘竟有惊天事，白龙鱼服落凡尘

等我再醒过来的时候，发现自己正坐在椅子上，转身看到司马云岫也在，内心一阵内疚。还是把她害了。打量四周，不像是监牢。正当我要起身，从侧门进来一个人，不是别人，正是我们要去寻找的苏璇！

"你们的通缉令已经撤销了。"

这是苏璇进来说的第一句话，这一句话便让我脸色大变。她怎么会撤销我的通缉令？她怎么有能力撤销我的通缉令？苏璇说完这句话之后，不顾震惊中的我们，也不顾我将要脱口而出的疑问，只是摆了一个噤声的手势。有人端进来两碗小米粥，一碟咸菜，放在桌子上。我跟司马云岫见状，对视一眼，也不顾有毒没毒，端起碗便唏哩呼噜地吃了起来。

苏璇看着我们恶狗刨食似的吃相，坐在椅子上询问道："听说你们找我有事情，可否说说？"

我舔了舔嘴角的米粒，强行把刚才内心的疑问咽下去，跟苏璇讲了"火山仙子灭门案"，也就是苏州帮办苏长青一家灭门的案件。根据我的推理，凶手另有其人，并非是李安所抓的人。

我原本以为，苏璇听到这个消息会非常激动，不料她看上去还是淡定如常："我当然知道李探长抓错了人。真凶，哪里是那么好抓的？不过是早早结案，给大家一个交代，总好过没有。"

"苏小姐明知道当年是冤假错案，为什么不重新调查？莫不是原来在家中不自在？还是另有什么隐情？"我眼见离着真相不远了，不免语气急躁了一些，还是一边的司马云岫拉了我一把，我才省得是苏璇救了我，撤了我通缉犯的身份，连忙告了个罪。

苏璇看上去却不以为忤，只是眉宇间多了一些愁绪："先生，这件事情不像你想象的那么简单。背后势力盘根错杂，如果我是你，现在便北上，跑得远远的，然后改名换姓，也许能踏实地活一辈子。为什么一定要来趟这浑水呢？"

"苏小姐,我有了今儿没明儿的,保不齐什么日子就让人一枪给毙了,您权当自言自语,就算是让我当一个明白鬼,可以吗?"

"罢了,既然如此,我就讲给你们听听。你们知道明太祖朱元璋吗?"在得到我们的肯定答复之后,苏璇又开始说道:"明太祖朱元璋打下天下后,将自己的儿子分封于各地,号称藩屏,又立朱标为太子。但是朱标福薄,没几年就死了。"

苏璇半天也没说到正题,但我不能跟对顾晋似的对苏璇,所以即便心里面再急,也只能压着性子听苏璇继续讲。

"朱标死后,朱元璋又立了朱允炆为皇太孙,就是后来的建文帝。其实朱元璋不放心那些藩王。只是朱元璋在世时,藩王并没有露出反心,又都是朱元璋的亲生骨血,所以便也没下杀手,只是给建文帝留下了一条后路。传闻,朱元璋请盘门雕刻了一块玉,叫作'天子玉',乃是用和氏璧的边角料所做,其价值可见一斑。此外,玉中藏有朱元璋留给建文帝的一批财富。天子玉只是开启的钥匙,可见其中埋藏的财富多么惊人。朱元璋驾崩后,建文帝继位,朱棣发动叛乱。仗着朱元璋留的后手,建文帝下令勿伤朱棣,这就令朝廷大军畏首畏尾,最终被朱棣推翻。而建文帝带着天子玉消失无踪。"

> 天子玉竟然就这么随便透露出来了?这本书如果落在有心人手里可以掀起多大的浪?真是疯了!

"那么建文帝和天子玉究竟去了哪里?"我终于见缝插针地问上了一句。

"没人知道,朱棣曾派出胡濙寻找,如果胡濙你们不熟悉的话,朱棣还派出了另外一个人沿着海路寻找,这个人叫郑和。胡濙和郑和两个人,一个人沿着陆路寻找,一个人沿着海路寻找,而找没找到,至今在史书中也没有明确的记载。但是在野史当中,建文帝从南京逃出后,先去江浙,后奔云南,你们谁去过云南?"

见我和司马云岫都摇了摇头,苏璇接着自己的话茬儿继续往下说:"传闻,建文帝到了云南之后被多方杀手拦截,这其中的杀手有朱棣派出的。还有其他藩王派出的,朱棣是为了斩草除根,其他藩王,想必是为了谋夺那份朱元璋留下的巨额财富。呵,在财富面前,亲情又算得了什么呢?"苏璇幽幽地感叹了一句，拿起茶杯喝了口茶润了润嗓子，接着说道，"除此之外，盘门和镜门想必也派出了杀手。虽然有这些人围追堵截，但是也有不少忠臣志士扶保着建文帝，在他们的帮助下，建文帝躲过了一次又一次的追杀，当建文帝走到腾冲这个地方的时候，险些丧命，多日米水未进，只有一户农家，为建文帝做了一道菜。建文帝则将这道菜赐名为'腾冲大救驾'。"

> 这是南明永历帝的故事。与朱允炆没有一点关系。

我若有所思地点了点头，虽然我没去过云南，但是说书人各地风土民情都知道一些。云南确实有一道名菜叫作"腾冲大救驾"。看司马云岫一脸茫然的样子，想必她是不知道这道菜的。只是没想到，腾冲大救驾竟是如此来历。

"接下来，坊间传闻，那些仁人志士将建文帝渡海护送到南洋，而建文帝也知道，自己现在一没人二没权，留着天子玉非但不是东山再起的希望，反而是惹祸上身的灾源。于是便将天子玉赐给那些忠臣，让他们好生保管，暗地筹谋复国之事。但终明一朝，也没见到有人起义。"

"可是这件事情跟苏家灭门案，以及李安有什么关系呢？"司马云岫带着疑问开口。

"关系，呵，我们家原本就保管天子玉。否则我为什么知道得这么清楚呢？现在你们该知道，你们惹上的是什么势力了吧？我的父亲当初是苏州帮办，不敢说黑白通吃，但多少也有一些势力，但就一晚……不说了。我现在身上并没有天子玉，我也不知道它的下落，那些人看我没了利用价值，才让我安安稳稳地当这个主席，否则，我早就人间蒸发了。"

听完这一段秘辛之后，我的心情久久不能平复。想不到，竟然能牵扯到一件宝物，这件宝物还是天子玉。如此说来，黑皮究竟是想调查李安的死，还是想寻找天子玉，原本清晰的脉络又就此中断。我需要一些时间消化苏璇所讲的这些事情，司马云岫也坐在边上一语未发。正当我们沉默的时候，外面突然传来一阵叫嚷声。

我们走过去一看，才发现是顾晋那小子。他脸上青一块紫一块的，显然是遭了一顿老拳。顾晋一脸的愤怒："你个老小子，还有你这娘们。你俩跑得倒快,我到了接头地点后,你俩连个人影儿都没有。我被他们抓到这顿打。好在我机灵,从他们手底下跑出来了。来了上海,多亏苏老板心善找到我,要不我还在街上飘着呢。"

"咳,到上海后,我蹲了几天大牢,幸好云岫把我救出来。我们这几天过的什么日子你知道吗?你要跟我们在一起怕早死了。"我白了顾晋一眼,没好气地说道。

娓娓道世间奇宝,细细分前尘纠葛

从苏璇家出来后,我的心情非但没有丝毫缓解,反而更加沉重。一旁的顾晋和司马云岫也一言不发。天已经擦黑,上海少见被乌云笼罩,透不出一丝光亮,就像我此刻的心情一般。

说实话,我有点摸不准苏璇这个女人究竟是怎么想的,从她找到我,并且能解除我身上的通缉令来看,这个女人的能量一定不小。但是,她告知我这么多的秘辛又究竟意欲何为?我跟她也不是旧识,她对一个陌生人怎么会这么天真地吐露这么多事情呢。不是我想的多,而是我们这些自幼在街面儿上摸爬滚打的下九流,是不相信天上掉馅饼这种事儿的。总觉得苏璇别有所图,当然也有可能是我以小人之心度君子之腹了,不管怎么样,防人之心不可无。

苏璇也不是完全没事儿求我,这也是我心情糟糕的原因之一。回到客栈,没有兴致跟司马云岫打听消息,往床上一躺,捏着眉心回想刚才苏璇与我说的话。

"当然,我替先生清除通缉的事情,并非是全做善事。我有一事相求。"

当时的我已经从震惊当中缓过神来,犹带了三分警惕:"我就是一个臭说书的,怕没什么地方能帮得上苏主席。而且我们这些粗俗之人,做事毛手毛脚的,万一坏了苏主席相托,岂不是更加糟心?"

"没事,我只是要先生一个承诺。看先生为了朋友不惜在官府上挂了号,可见先生是一个重诺之人。若是先生有意,请到里房详谈。"

对此我唯有苦笑,说实话,我这人向来不怎么愿意惹事上身,主要是被黑皮给坑了,让我背上了杀官的罪名,我不上心不行啊。不过苏璇把话讲到这个份上,怎么样也要听听具体是什么事情才好作回绝之言,否则显得太不会做人。

我随苏璇走入里房,司马云岫和顾晋跟着我也想进入,但是被苏璇伸手拦下:"这事情不宜他人相听,如果先生你听完之后跟他们说,我无权干涉。但是从我口出,只入先生一人的耳。"

司马云岫听完后有些悻悻地瞪了我一眼,倒是顾晋,没心没肺地回到座椅上,拿起蜜饯就往嘴里塞。我跟苏璇进了她的房间。说是里房,不如说更像是书房,房间内有一张靠墙摆放的单人木床,上面简单地铺了一层被褥。除了放床的那面墙,其余的三面都靠墙摆着书柜,刚才开门的时候因为有书柜卡着而不能将房门开到最大。在房间正中央,摆着一张檀木落地书桌,上面摆着书、笔、灯具等简单的物品。一眼望去,房间的陈列尽收眼底,简洁得有些不像话。

至于书柜上的那些书籍,我看了看,有经史子集、志怪小说,还有一些外国书,那些七扭八歪的鬼画符似的文字我看着就脑袋大。苏璇拉开书桌后面的椅子坐下,抬手示意我坐在床上:"寒舍简陋,还恕见谅。"

我作了个揖,顺势坐在床上,也不讲话,听苏璇有何想说的。苏璇两只手摆在桌子上交叉起来,抿了抿嘴唇,似是在组织语言:"今天我所托先生的事情有两件,第一,还望先生找到天子玉如今的下落;第二,则是找到当年灭我家满门的凶手。"

"找到就行吗?"我敏锐地察觉到苏璇在这段话中的措辞。苏璇点了点头,继续说道:"无论是天子玉,还是凶手,找到便可,不需要取得或者是为我报仇。我之所以相托先生,是因为你们已经与那些组织挂上钩,你们调查黑皮、李安,今日又找到我,无论我说了什么,那些组织都会将你们列为寻找天子玉的势力,可以说先生你们今天跨入我家门的一瞬间,就已经引起了那些庞然大物的注意。"

"那我确实是无辜的,若是我不找苏主席询问,被缉捕了,大概率还是死路一条。这件事情就没什么缓和的余地吗?"

"您在书里也没少说,宁可错杀一千,不肯放过一个。若是之前,被缉捕归案,也就是枪毙了了事。而如今,即便人死了,你所接触的其他人,去过的地点，他们也不会放过的。我能做的，只是消了您的通缉令，让他们忌惮一二，以为你的背后是一个组织，或者说是一个势力在支撑。让他们有些顾忌，仅此而已。"

听完这话，我心里一沉："这事儿就没有任何转圜了吗？比如说我与他们当面锣对面鼓地把事情说清楚？"

"人言是最不可信的。我最多能帮您除了官面上的通缉，那暗地里面的危机，我恐怕爱莫能助。如果您答应帮我，那我就与您接着往下说，如果您不帮，也就罢了。"

"得，我这是虱子多了不咬，债多了不愁，您说吧，我应了您就是。"现在不管怎么说，先应下来再徐图后计。反正我已经在什么这个门派、那个组织的名下挂了号，如果得着了什么有用的消息，或者我真找到了那个什么什么天子玉，保不齐还能换一条命呢。

"天子玉的历史，我刚才已经跟您说了。现在，我说说近处的事儿。我不知道我们家是怎么得到天子玉的，也不知道天子玉在我们家保管了多久。毕竟女生外向，将来是要嫁人的，掌不了家业。现在与天子玉相关的事情我知道的有三件，分别是我家的灭门案、鹿生的宴会以及鹿家的失踪案。其中鹿家的失踪案我仅有耳闻，但我断定，此事与天子玉必然有关系。我家的灭门案，您也看了卷宗，除了最后凶手所言不实，其他的还算中肯。无非就是一晚上的时间，我们家的人全都死了，动手之人蒙面，训练有素。我并不知道他们是什么人，归属于什么势力，但是在我受了重伤后，有一个人把我救走了。在我昏迷之前，依稀听他说了'建文后人'四个字。"

建文后人？这是什么人？我并未询问出声，只是在心里暗暗想着，有没有可能是建文帝的后代？苏璇不知道我的想法，自然地往下说着："我醒来之后，便失忆了。在失忆的这段时间，有个叫王铁安的厨子经常出现在我的生活中。一直持续到我找回记忆，他便失踪了。"

"王铁安？"我心下一震，王铁安不就是黑皮在纸条中所说的那个杀人凶手吗？

"您认识王铁安？"

"啊，啊，不认识不认识。就是觉得这名字有点耳熟，跟我书里的一个人名字挺像。"我意识到有点失态，随便扯了几句不咸不淡的话把这件事儿扯了过去。

"接下来，就是鹿生宴请的事情。我跟鹿生原本是……两情相悦。但是他在宴请过后没多久，便失踪了。有我，有李安，有王铁安，有白蛾，还有个姓吴的老板，一起参加了当日的宴请。我过去是为了找回失去的记忆，其他人是什么目的我便不清楚了。但后来，鹿生与我提起过，那一天天子玉就在他的手中。后来巡捕房的人来了，再后来，我找回了记忆。我知道天子玉这个东西事关重大，而且很容易惹祸上身。所以我劝鹿生将天子玉送出。于是，鹿生托了两家镖局，将一真一假天子玉送出。结果，就在送出的当晚，便出了鹿生全家失踪的事情，而这也是我最后一次见到天子玉，最后一次见到鹿生。"

在听完苏璇的叙述后，我突然福至心灵，将上衣兜中的照片掏出来给苏璇看。但苏璇看完照片，完全没反应，她只是扫了一眼，随后冲我摇了摇头。

…………

突然被一阵啪啪啪的砸门声惊醒，刚才在回想的时候竟然不知不觉地睡着了。我打开门，门外正是顾晋。

"那个苏璇还真有两把刷子，刚才我上街找了一趟，你的通缉令已经被撤销了。这女人确实有点能量，竟然撤销得这么快。"

听到这个消息，我心里不知道是该喜还是该愁。喜的是官面上的通缉终于没有了，以后不用过这种过街老鼠一般的日子了。愁的是虽然官面上的通缉解除了，但是那些暗流却一点没有消退，反而更加汹涌。而且，苏璇既然能保我，那么在我没有利用价值或者忤逆了她之后，她也能杀我。虽然，目前来看，苏璇并非这样的人，她应当也只是一个苦苦追寻答案的苦命女人罢了。

我拉着顾晋，找到司马云岫。她脸上还有点不豫之色。我知道，是因为她觉得我把她当成了外人,没有告诉她刚才我从苏璇处听到的事情。我坐下来,示意顾晋把门关上,清了清嗓子。

"此事十分重大,超出了你们的认知。如果你们现在退出,就隐姓埋名,重新生活。要听了我下面这些话,那可就想走都走不了了。"

龙凤二年帅师渡江先伯考性淳良务本积德邻里称善人上世以来用勤农桑。

———————— 6
———————— 8
———————— 8
———————— 6

0564
London

感觉批注内容有许多相悖的地方，前人为了一个演义话本都能争成这个样子。

分二路作别信差，客栈内始释前疑

"看来二位都不是什么怕事儿的人，既然如此，那我就跟你们说说吧。"我得到了肯定答复之后，开始斟酌着回忆苏璇与我究竟说过什么，又有什么能跟他们说的。顾晋这小子倒是没心没肺得很，笑嘻嘻地插科打诨："等会，如果我现在说反悔，还来得及吗？"

挨了司马云岫一个暴栗后，这小子倒是安稳了许多。其实我也知道，顾晋是在用自己的方式活跃气氛，宽解我的心情。毕竟自从黑皮出事以来，我就开始四处奔波，逃命、查案，一刻也不得闲。现在至少我明面上的通缉已经解除，看上去也算是这么多天中的霉运稍稍缓解了一些。我看着司马云岫和顾晋打闹，竟在那么一瞬间恍惚感觉到了些许温情，不过这种想法很快被我抛诸脑后，我理了理思路，开始转述苏璇的话。

"嘶，我现在真有点想反悔了。"顾晋说道。我跟司马云岫到苏璇府上的时候，顾晋来得最晚，所听也最少，像什么天子玉他更是听都没听说过。粗略一听，这东西竟然与明朝皇室重宝有关，无论是其历史价值，还是本身的宝藏价值，都够让一群人红了眼不要命地争抢了。更何况，争抢的这些人个个都不是易与之辈。

听完我讲述之后，司马云岫也将好看的眉头蹙在了一起："你没骗我们吧？或者说，苏璇没骗你吧？毕竟我听你讲的这些东西，有些过于玄幻。而且如果事情真的如此重大的话，那么也不是我们这些平头老百姓所能承担得起的。"

我深吸一口气，平复一下有些堵的胸口："如果现在退出，还来得及。立马北上，往北平或者东三省那边跑，运气好的话过了鸭绿江出了境，能逃到朝鲜那边。"

"唉，早知如此，那晚就不该答应和你见面。你知道我为什么帮你吗？"司马云岫突然没头没尾地说了这么一句话。

"啊?为什么?"我被问得一愣,说实话,自从我去苏州找到她后,这个女人就一直不遗余力地帮我。我多次想问,但是如果人家真的是急公好义,这么问就多少显得有点不信任人家,终归不好。最早我以为司马云岫想拿我换赏金,毕竟我是上海巡捕房点名要的钦犯。至于为什么帮我躲避影组织和李帮办,是因为我当时觉得影组织与李帮办也是为了赏钱,或者说,为了杀人灭口。人一死,自然就没了赏钱。

所以这些日子表面上我对司马云岫无话不说,但实际上我还是暗自防着这个女人的。别的不说,上次订的客栈都是我先踩好点再通知司马云岫。我从不让司马云岫主动去找接头点,连我选的客房都是二楼紧贴着楼梯拐角的。直到后来,我见到了顾晋,看顾晋与司马云岫是旧识,我的警惕心算是放下了一点,毕竟我跟顾晋有五六年的交情,我还算是信得过他。

但到了上海之后,事情逐渐脱离了我的掌控。本来我以为这件事情就是巡捕房诸多的冤假错案之一,可能是黑皮得罪了什么人,别人拿了他的什么把柄之类。自从揭开"天子玉"这档子事儿后,事情便一发不可控制了。如果司马云岫不说,我本想找个理由支开她。现在既然她主动要说,那么我顺水推舟,自然要听一听。

"你还记得找我是要问什么吗?我当初所在的庆乐班曾经在鹿家失踪前一天给鹿家唱过堂会。你知道我有个哥哥吗?"司马云岫突然如此问道。

我摇了摇头,表示不知道。但是顾晋却点了头:"我知道,你哥哥不是三年前失足落水了吗?官府给报的是意外死亡,出殡那天我还去了呢,你忘了?"

"三年前?那不是鹿家……"

"对,我们前一天去鹿家唱堂会。后一天我哥哥去结账。谁知道他这一去,就再也没回来。"

"你的亲哥哥吗?"我在上海街面上的消息也还算灵通,不过对于司马云岫有哥哥的事情真是一无所知。

"不是亲哥哥，我跟他是同一班出身，他待我如同长兄一般。"

我想起来了，三年前庆乐班确实有个人死了。好像是一个唱花脸的小伙子，也确实是失足落水，我听人跟我念叨过。如此一来，我便相信了大半。

"虽然官府说是失足落水，但我不信。从庆乐班到鹿家的那条路，压根连条河都没有，我哥哥怎么就能失足落水了呢？再后来，我便隐姓埋名到苏州城，一是怕受到牵连遭报复，二来也一直在暗中调查此事。所以当你那晚找到我，跟我说了鹿家的案子之后，我便下定决心要帮你，顺便将这个事情查个水落石出。"司马云岫在说最后这几句话的时候完全是咬着牙一个字一个字蹦出来的。看她眼眶微红，不似做伪。我此时无论说什么都有点不合时宜，像一条上了岸的鱼一般，翕张了几下嘴唇，终只是幽幽地叹了口气，给司马云岫斟上了一杯茶水。顾晋就显得有点"趁人之危"，不知道他什么时候坐到了司马云岫身边，伸出手正轻轻地拍着司马云岫的后背。

"行了，光顾着说我，刚才说书的说了，我们要调查，怎么也得先拟定一个计划吧？"司马云岫从怀里掏出手帕，轻轻地沾了沾眼角，将话题转移。

"嗯，说的是。"我顺着司马云岫的话茬儿赶紧往下说，"其实也不都是坏消息。你们瞅瞅这是什么？"我从怀里一掏，掏出了五条小黄鱼摆在桌子上。就这么一放，低沉的气氛一扫而空，司马云岫瞪大了眼睛，顾晋就更甭提了，他差点把脸贴在这五条小黄鱼上。

"你个老小子，把苏璇给劫了？光劫财啊？没劫点别的什么？"顾晋拿起一条小黄鱼，用手轻轻摩挲，反复观看，好像手里的不是小黄鱼，是他已经去世的亲爹一般。

"孔夫子说得好，你小子嘴里吐不出象牙来，"我气得骂了一句脏口，"刚才跟你们说了，苏璇之所以撤销我的通缉令，是因为有事情托付与我，这就是酬金。"

说实话，不怪他们大惊小怪，当初苏璇给我这些钱的时候，我也险些惊掉下巴。一条小黄鱼能买两亩良田，五条小黄鱼——我要真是一走了之，隐姓埋名去了北平,买下一套四合院是绰绰有余的。我当时也问了苏璇,为什么要给我这么多钱,就不怕我跑了吗?我不像顾晋——见着银子走不动路的主儿。这钱不问清楚了,拿在手里烫手,花出去担心。

苏璇只跟我说了"疑人不用,用人不疑"八个字,我还想问的时候,却被苏璇制止了。老话说"有便宜不占王八蛋",再不拿就显得有点小家子气。毕竟跟天子玉挂上关系,我已经算是把脑袋别在裤腰带上玩儿命了,保不齐哪天就横尸街头,连个发送的人都没有。 北方方言,指办理丧事。

跟他们说完之后,顾晋免不了又是一阵大惊小怪,始终怀疑我跟苏璇的关系不正常。甚至都说出了我是苏璇的姘头这样的混账话,直到让司马云岫又扔了一把茶盏才老实下来。我看着这一幕不禁哑然失笑,这就是老话说的"卤水点豆腐,一物降一物"吧。

我们笑闹了一阵后,司马云岫的心情好些了,我才开始说正事儿:"差事,你脸生,去苏州不容易被那些人怀疑。苏家灭门案,这个事情放不过去,我们去得仓皇,都没来得及去案发点考察,你就去瞅瞅。借着送信往来,也不容易招人注意。"

"得嘞,不过可有一点,这小黄鱼我得拿走俩,来往的车马费,我耽搁的生意,这可都是钱。你也不舍得看我活活饿死在外面吧?"

"拿,拿,让你拿俩,丑话可说在前面,就只能给你俩。你要是去赌场耍钱,哪怕输得让人砍了,我也不会多给你一个子儿的。"我一看就知道他赌瘾复发,之前挣的钱一半都去赌场里面扔骰子了。不过他还算克制,不滥赌,否则这路人我早跟他裂穴了。当初给我传授的师父就告诉过我:抽大烟的和滥赌鬼,是绝对不能交的。

"至于我跟云岫,我们俩在上海找找情报。声势闹得大些,苏璇说会在力所能及的范围内照顾我们的。虽然她这话不可信,但是偷偷摸摸地调查更容易让那些门派组织起疑心。我们得把空城计给他唱足咯。"

在我分配完任务之后,多天来的阴霾总算有些消减,就算前路生死未卜，我也有了两个愿意共赴生死的朋友，这辈子也算是没白活。想到这儿，我不禁豪气顿生："走，有钱了，奔正兴馆来一顿。"

1987

Visso

特地从头到尾先粗略地浏览了一遍文中的批注，发现里面都说的煞有其事的，莫非这不是演义话本，而是真事？

歌舞厅白蛾提示，苏家案再查分说

从正兴馆出来，顾晋便与我们分道而行了。这种事情赶早不赶晚，顾晋早一些出发，就多一分可能找到线索。我在顾晋离开时，趴在他耳边与他耳语了几声。目送顾晋离去后，我便和司马云岫在街上闲逛，专往人多的闹市区走，就算那些门派再肆无忌惮，也不可能当街杀人。更何况，顾晋也说了，这些门派都是隐世门派，隐世门派最忌讳的就是被人发现，他们所希望的，是成为那只在幕后操纵一切的手。毕竟，不被人发现就代表着神秘与未知，但只要站到了台面儿上，就算是庞然大物，也会有个具体的实力数值。有了具象的东西，就有了被攻击的目标。

您问我怎么知道的？嘿，我说了这么多年书，书里什么千奇百怪的事儿没有？有些书看似是讲神怪，实际上说的还是人性，对于人性的了解我也算是粗知一二。他们做这个事情讲究的是快准狠，就像鹿家失踪案一样，若是一击不中，那给人带来的心理威慑降得可就不是一星半点。

我听着上海街头熟悉的叫卖声，忽得有种再世为人的感觉。在街边儿买了俩蟹壳黄，跟司马云岫一人一个，拿油纸包着边走边吃，就这么一路大摇大摆地回到了客栈。进了房间，我才说出了苏璇告诉我的另一件事情。刚才我与顾晋耳语的也是这件事。

"苏璇、王铁安、鹿生、李安、白蛾和一个姓吴的掌柜，这就是鹿生当年宴请时所出现的全部人员了。王铁安，据苏璇所说，是一个厨子，不知道怎么会跟天子玉扯上关系。而黑皮留下的遗书中说，杀害他的也是此人。还有就是李安，不过他已经死了……"

"等等，你刚刚说了谁？"

"李安？"

"不对，李安后面你还说了个人名。"司马云岫突然有些激动。

"白蛾？"

"对!"

司马云岫还真的认识这个叫白蛾的女人,她是上海天乐园舞厅的舞女。说到上海天乐园,那可是上海久负盛名的舞厅,传闻这个舞厅的幕后大东家是上海巡捕房的督察大人,实打实的黑白两道通吃。我说书的时候也听过天乐园舞厅的大名,但是我们这些真正在市井讨生活的人,是不愿意过多接触有官家背景的势力的,所以对于天乐园也只是略有耳闻。

司马云岫如何认识的白蛾,和白蛾之间又有什么关系,我不得而知。但我确定了司马云岫应该是没什么坏心眼儿的,所以她认识白蛾属实是一件好事。毕竟这样我们又多了一条线索来调查,很可能是唯一的一条线索:李安死了,王铁安根本找不到,鹿生失踪,苏璇刚刚找过。至于那个掌柜,天底下姓吴的掌柜多了去了,这无异于大海捞针。我也向苏璇询问过更进一步的线索,但她却没有继续说下去,只是说了一大堆话,委婉地表达了一个含义:如果什么都需要我来告诉的话,那我为什么要找你去调查呢?

既然司马云岫认识白蛾,那么事不宜迟,应该及早动身前去寻找。刚出客栈大门,又淅淅沥沥地下起雨来。今年江南的冬天似乎格外多雨,也许老天爷也在哀叹我的悲惨遭遇吧!我淋着细雨,心中暗想着宽慰自己的话。我们的客栈与天乐园距离不远,都在公共租界,分别在竞马场的南北两侧,走过去也就不到两里地,但是就目前的状况来讲,肯定是不能走着去——虽然这雨不算大,但走过去也成落汤鸡了。这客栈周围也没卖伞的,没辙,叫辆黄包车吧。说来,上海的黄包车比苏州确然多了许多,但价钱也贵了许多。

这次的黄包车把式竟然还是个车油子。司马云岫在苏州呆了三年,自然是带了些苏州腔调。那车油子一听,竟然敢张口要五个钱,这充其量是一个大钱就能到的路程。这不是撞枪口上了么,本来爷爷我心情就不好,你还跟这儿欺负人?我当即开口,把他痛痛快快地骂了一顿。

骂完人后,果然心情舒爽了很多,也就是竞马场这边我来的少,南园书场那边的车把式,我基本上都认识,断不能这么坑害主顾。骂痛快了,出了

（北方方言,指黄包车夫。）

口恶气，换了一辆车，直接扔给车把式一个大钱。他笑呵呵地接过后便拉着我们奔向天乐园。不多时，便到了。下了车，我跟在司马云岫后面走进天乐园大门。

要说这天乐园，装修得就是气派。我在上海待的年头不算短了，可是一回都没来过。钱不钱的倒放在一边，主要是，咱这个下九流的人进不去他们那个上九流的局。用个哲人的话，这叫什么什么阶级差异。

今儿头一次进天乐园，可算是开了眼。南园书场跟这儿一比，就如同茅草屋和金銮殿一般。我随着司马云岫，跟刘姥姥进大观园似的来回观瞧，同时又努力保持自己的脖子不大幅度转动、自己的表情不太过夸张，免得露了怯。司马云岫把我的举动都看在眼里，抿嘴轻笑一声，带我找了个散座坐下。由于是刚下午四点多钟，舞厅内还没什么人，所以大名鼎鼎的天乐园里面颇有几分门可罗雀的味道。

司马云岫抬手招来领班，一位穿着旗袍的漂亮女人便娉娉地走了过来，走到身边儿才鞠了个躬，轻声询问："有什么可以帮您的？"这要在书场或者茶馆儿里头，小二准是把手巾板儿往肩膀上头一搭，隔着四五个座儿就高声吆喝："大声点讲话不啦，需要什么？"

司马云岫低声对领班吩咐了两句，见领班微微一欠身，便娉娉地离开了。从我身边走过时还卷起一阵香风。又等了五分钟，当我浑身都有些刺挠的时候，一位穿着白色印花旗袍的女人向这边走了过来。女人看上去三十来岁，挽着一个发髻，发髻上斜插着一根簪子。眼睛很大，但是看得出有些憔悴，身条不算高挑，但是很瘦。整体来看，算不得多么惊艳，比司马云岫肯定是不如的，但是身上所带的那股子风韵，是司马云岫所不能及的。

"白蛾姐姐，还记得我吗？"司马云岫冲着女人挥了挥手。

女人，或者说白蛾迟疑了片刻，直到司马云岫从怀里掏出了一个被绸布包裹着的小牌子，快速地在白蛾的眼前晃了一下，白蛾才反应过来，但还是带着几分不确定："司马云岫？"

随后，司马云岫走到女人身边，不知道跟白蛾说了什么，两个女人手牵着手走到了不远处的一个包厢里。我则在大厅跟个"港都"一样，想要杯茶润润喉咙，发现这里面竟然一碗茶要一钱银子，这还不如去明抢。最后我还是给了一个大钱，他们端来了一杯柠檬水，我清晰地看到服务员眼神中流露出的不屑。

卖出去再多你能捞着多少？我看着服务员的背影腹诽了一句，大家都是穷苦人家，何必这么势利呢！当我把一杯柠檬水喝到见底的时候，司马云岫终于拉着白蛾的手出来了。在天乐园我是一分钟也待不下去，正好，看钟点儿也五点了，到了晚饭的时间。虽说有些早，但是边聊边等上菜也差不多。

拉着司马云岫和白蛾出了门，外面的雨不知道什么时候已经停了。我这儿有一堆问题，自然是无心再走。只是随便找了个馆子进去，管老板要了包间，点好菜，又要了一壶免费的茶水。敲了敲门板，试了试包厢的隔音，才用眼神示意司马云岫介绍一下白蛾。

"这是白蛾姐姐，是我的手帕交。之前没少帮我的大忙！"司马云岫的语气带着点高兴，而白蛾则对我矜持地点了一下头，脸上挂着礼貌的微笑。这个微笑就是你看着挑不出一点毛病，但总觉着有那么些疏远。可能这是在舞厅工作的必备技能吧。

"哪里哪里，就是些举手之劳。妹妹可别瞎说。"白蛾的声音带着一点磁性，听上去很舒服。

"这怎么算是小事儿，我哥哥的事儿多亏姐姐忙前忙后，又是做法事，又是……都是姐姐掏的钱，这就是天大的恩德了。"司马云岫的声音在平缓中带着一丝微微的哽咽。我已经知道司马云岫说的是什么了，恐怕她哥哥出殡的事情都是白蛾张罗的。

"咳，"我轻咳了一声，把司马云岫从回忆里拉出来，"白小姐，这次我们来，主要是受苏璇之托，向您询问。三年前，鹿生曾召集一次宴会，请了一些人，您也在其中。我们想问问，三年前的那次宴会上究竟发生了什么？"

我见白蛾没有主动跟我套近乎的意思,我也犯不着去跟她交好,看她和司马云岫的关系不错,有这么一层关系,单刀直入地询问反而是上佳的选择。

"让我想想……事关一块玉,那次有人想去争夺那块玉。其中涉及许多隐世门派的纠葛,虽然我不知道他们聊了什么,我在那次聚会中无非就是个花瓶摆设,但是隐约听到了盘之类的字眼。"

果然我的料想没错,盘门、镜门,这两个门派的势力果然无孔不入,可谓"十处敲锣,九处有他"!

```
┌─────────────┐
│    2524     │
├─────────────┤
│   Houston   │
└─────────────┘
```

街边现卖花盲女，初见得神秘信封

白蛾所掌握的信息不算太多，但是都很有用。至少她听见的"盘"字，让我确定了这背后有盘门和镜门插手。有时候，怀疑和确定是两码事。先前，就算我十有八九确定了盘门和镜门的存在，十有八九确定了鹿家失踪案背后有盘门和镜门插手，但是没有切实听到信言，始终是不敢肯定的。

白蛾与顾晋不认识，也没有串口供骗我的理由，两个人都说了"盘门"，想来所谓隐世门派确实存在，我心中抱有的最后一丝侥幸也灰飞烟灭。叹了口气，顺着白蛾所说，我继续询问道："除此之外，您还有别的，比如说其他参与人员的信息吗？"

"别的也没了，既然你们能找到我，那苏璇跟你们也没少说。她原来和我一起在这间舞厅做舞女。后来，参加完宴会后，不知怎么来了大批巡捕把我们团团围住，不让出屋，否则就开枪打死，当时我吓了个半死。后来，苏璇找回了记忆，与鹿生相认。鹿生出面宣称，这些都是误会，巡捕是他提前埋伏好的。他究竟想做什么，我倒是不知道，不过我觉得，我这条命很可能是被苏璇给救的。再后来，因与鹿生相认，苏璇就被鹿生赎了出去，算是脱离苦海。她问我要不要一同赎身，但因为我也没有什么一技之长，以色娱人这么多年，也就拒绝了。"

在之前的调查中，我知道苏璇是舞女，却没想到她竟然曾在天乐园当舞女。不过我还是心存疑虑，这些事情苏璇应该全都知道，为什么她不亲自告诉我，反而让我多跑一趟去询问白蛾呢？这其中，苏璇究竟存了什么样的心思，这其中又有什么暗示？

一时半会我也想不明白，点的菜倒是上了，一个大煮干丝，一个面筋包肉，一个炸丸子，还有一碗阳春面。我没什么胃口，食不甘味地嚼着面，满脑子都是这些事情。倒是司马云岫与白蛾相谈甚欢，所谈的事情都是女儿家的闺房中事，无非是这些年来过得好不好，有没有婚嫁之类的，我也插不上话，只好扮作一个泥胎木菩萨，不闻不问。待到菜吃得差不多了，我也没有头绪。

"你知道王铁安这个人吗？"眼见她们快吃完了，我脱口而出。刚才白蛾所讲的话虽然不多，但是联系苏璇讲的话，联系苏璇的态度和白蛾的身份，总能让我多些无端的联想。好在我想起了王铁安，这个神秘的男人，苏家灭门案与他有关，最起码也是个知情者，鹿生宴请一事也与他有关联。黑皮之死，他则是最直接的凶手。如果白蛾知道些什么，那是最好不过了。

"王铁安，我不太熟悉，只知道他原来是仙客居的掌勺大师傅。仙客居在法租界里面，我也没去过。不过，宴请当天鹿生家中的一应饭菜好像都是王铁安所做。此外，有一件事情不知当讲不当讲。"

"没事，你说，但讲无妨。"听完白蛾所讲，我心情大振，最起码我知道了王铁安曾经在哪里工作，这就有了可供我们调查的线索。白蛾此时支支吾吾，应该还有什么线索。无论苏璇让我来找白蛾的目的究竟是什么，这次见到白蛾可谓是赚(大发)了。北方方言，指超过了适量的限度。

"李安死得蹊跷，这件事情还是听我的一位恩客所讲。那次酒醉后，他与我说，李安死前曾经与一个八九岁的小女孩来往密切。这孩子好像跟什么事儿有关，巡捕房几次三番派人前去，都被李安拦下来了。再然后，就是一场街头混混的打架斗殴，不知道怎么回事，李安去巡查的时候就被人刺中了胸口，当场毙命。"白蛾这番话讲得不甚流畅，有多处停顿，好像在费心回忆一般。

"那名恩客的名字可否告知？"听完后，我觉得其中必然有蹊跷，这句话没经过大脑便脱口而出。果然，白蛾并不答话，只是端起茶盏儿轻轻地抿了一口，脸上似笑非笑地看着我。是我唐突了，舞女的恩客姓名就是人家的来钱之道，怎么可能随便告知。更何况，能去天乐园消费的人，就算不是权贵富豪，也远比我这种市井小民有身份，若白蛾告知了我，我再去询问，惹得那名恩客不悦，随便找个由头整一个舞女还不是信手拈来。

俗话说"端茶送客"，白蛾端起茶盏儿的举动我已经了然。显然我刚才没过脑子的话引起了白蛾的不满。司马云岫也有些责怪地看着我，毕竟白蛾是看在司马云岫的面子上才跟我说这么多的。若是我一个人找过来，恐怕压根儿人家搭理都不会搭理我一下。

我有些悻悻地笑了笑，起身去结账。司马云岫要跟我一块，我将她摁在座位上："你跟白蛾小姐这么久没见，不好好叙叙旧吗？正好我也出去散散心。有话等晚上回去再说，有事情等明天再做。"

司马云岫见状便顺水推舟地坐下，白蛾也对我福了福身，以示礼节。我结账出门，天色已经完全黑下来，也没旁的事情，索性一个人溜达溜达，清静清静心情。多走了几步后，突然想起什么，拦了辆黄包车，一路前往南园书场。

到了书场，已经快八点。书场这时候已经关门。毕竟在这儿说了这么多年的书，以后能不能再回来说书都是两说，此时回来看看，权当告别。我摸着南园书场有些粗糙的大门，顺着门缝儿往里瞅了瞅，一切如旧。就是不知道我不辞而别后，书场还找没找到其他的说书先生，要耽搁了生意，书场的老板老胖子不定在背后头怎么骂我呢。

围着南园书场绕了一圈，算是作别。顺着那条熟悉的小巷，我不禁想到了初遇鹿万龙的那天。沿着小巷再行，准备回家收拾收拾。上次出来得匆忙，而这次收拾完，恐怕就再也没机会回陋居了。

我沿着小巷行走，在鹿万龙死去的地方驻足停留。虽然四周甚是昏暗，但借着微弱的月光，我半蹲下身，抚摸着当时鹿万龙躺靠的墙根，竟摸到了一坨看上去透明的物什，已经被冻硬了。骤然一回头，我差点没被吓得坐在地上。我的身后不知道什么时候出现了一个白衣女子。

这女子挽着一个花篮，应该是卖花之人。虽然晚上光线昏暗，但是我还是看出她眼中无光，显然是盲人。但不知为什么，我总感觉这个女子的双眼似乎在盯着我。巷子就这么窄，我竟没有听到她来到我身边的动静，仿佛鬼魅一样。盲女如是听到了我的动静，从花篮中抽出一枝花，歪了歪头，似是在询问我要不要。

我摸了两个大钱儿放到她的花篮中。花篮里面有一个小钢盆，大钱跌进去有清脆的当啷声，她听到后抽出了两枝鲜花，我接过后她对我点了点头，步履款款地走了。经过这么一吓，我哪儿还敢在这儿多待，匆匆忙忙地跑回家了。

到了家，我把门窗锁死，点燃煤灯，上上下下地照了个遍。我的屋子也就巴掌大小，确认没有藏人之后，我安心地倒在炕上，余光瞅见桌子上赫然摆着一封信。这又是什么时候送过来的？我从床上起身，拿起信的瞬间便起了一身白毛汗。

这封信上竟然还残留着温度，现在外面数九隆冬的，纸张应该拔凉才对，这摆明送信之人比我进屋早不了多少。难道早就有人算到我今天要回来？我赶忙又转了一圈，确定家中确实没人后，才再看这封信。信封上写着的正是我的名字。我拿小刀小心翼翼地拆开，里面露出一张信纸。我确定没什么机关毒粉后，摊开在桌子上读了起来。

信中人自称建文后人，字面意思应当是建文帝的后代。毕竟天子玉是人家祖宗的东西，人家关心也理所当然，但不知为何他找上我，没头没尾地给我写这么一封信。除了介绍以外，信中还说黑皮所留遗书有诈，并批了四个字：信伪非王。我多次确定已读完书信内容，没有遗漏任何隐藏线索后，陷入沉思。无论送信者是谁，我家肯定已经暴露，能悄无声息地进我家放信，就能悄无声息地进我家取走我的脑袋。

我记下信中所写后，赶紧将信纸焚烧，在贴近火焰的时候，信上出现四个小字。我连忙将烧了一半的信纸扑灭，看清了四个小字"凤聚账房"。我不敢再久留，连夜出了家门，连黄包车也不敢叫，也不抄小路捷径了，只是挑夜里繁华的大路，一路小跑回到了客栈。

在跑回去的途中，我的大脑乱糟糟一片：这建文后人是不是就是救出苏璇的那个人？他为何找上我？还有最关键的，他究竟是好是坏？

感觉还是不像真事，里面提到的命案倒是有些玄奇。我看看这个说书人到底是怎么破的案。

知旧情定见租者，问老汉闹鬼故事

到了客栈，躺到床上，我一直思索信里一明一暗八个字的含义。"信伪非王"，这无非是说黑皮所留下的信息是假的，王铁安不是凶手。而"凤聚账房"却是没头没尾，应该是让我去打听"凤聚账房"。不过还不知送信人的善恶，万一是陷阱就糟了。不过话说回来，如此费劲地布置陷阱，有送信的功夫直接把我抓去严刑拷打不更好吗？

莫非这个建文后人也是势单力孤，并不隶属盘门、镜门这两个隐世巨擘，送信的目的是准备来个"渔翁得利"？一波未平，一波又起，好不容易得知了与王铁安有关的蛛丝马迹，却又被这一封信搅乱。我的脑子此时乱成了一锅浆糊，就这么迷迷瞪瞪地睡了过去。

第二天早上起来，感觉浑身直冒虚汗。本来我的身子骨还算康健，但是遇上这事儿之后已经伤了两回风了。去一旁药铺抓了一副药，托付客栈掌柜的替我煎好，便与司马云岫出了门，今天要去仙客居打听打听王铁安的事情。在路上，我几次欲言又止，想和司马云岫说说昨晚的信。但是张了几次口都无从说起，司马云岫察觉出我的不对劲，询问我怎么了。

"没事，昨天我走之后，你跟白蛾又聊什么了？"我打了个哈哈。

"嗨，你是想问这个呀。怎么，你看上白蛾姐姐了？"司马云岫没有正面回答我，而是反问了我一句，看她表情促狭，想必是在打趣我。

"哪儿有的事儿，我老光棍一条，我看上人家人家也不见得看得上我。我昨天不是说错了话吗，也没道歉，所以问问……"我白了司马云岫一眼。

司马云岫发出了银铃似的笑声，惹得拉车的车夫回头瞟了一眼才止住，改为掩唇轻笑："你呀，白蛾姐姐像是那么小心眼儿的人吗？倒是你，昨天你上哪儿去了？"

"我？我转悠转悠，回了趟家，晚上回来的时候时辰已晚，就睡下了。"

"真的睡下了？看你今天萎靡不振，怕是昨天见了白蛾姐姐之后又出去喝花酒了吧?"

"我以前怎么没看出你个丫头片子这么能打岔,我这是昨天伤风了,喝的哪门子花酒?"司马云岫昨天和白蛾见面之后心情不错,我们调笑了一会儿,便到了仙客居。

进了店,打着点餐的名义找来老板,旁敲侧击地打听:"听说你这儿有个叫王铁安的厨子,拿手的干烧鲈鱼可称一绝,来一条尝尝。"要问我怎么非说干烧鲈鱼这道菜?嗨,没看仙客居进门之后,墙上挂着木牌子呢吗:本店招牌,干烧鲈鱼。

"我们店里干烧鲈鱼确实一绝,可您说这厨子……"

"怎么了?厨子今儿个请假了?"

"不是,那个王铁安呐,不跟这儿干了?"

"不跟这儿干了?"

"嗨,跟您实话说了吧。一看您就是食中老饕,这厨子名号您是听别人说的吧?"听掌柜的这么问,我也就顺着他话茬儿点头。

"之前这厨子做饭确实一绝,我们头灶。但是三年前呐,这王铁安突然就辞了。改给人家当私厨去了。那可风光了,给巡捕房的督察做饭。再后来,也就半年多以前吧,王铁安消失了,彻底没信儿了。"

"彻底没信儿了?"

"是啊,半年多之前吧,这人就再也没出现过。"

从仙客居出来后,王铁安的线也断了,不过还是得到了些有用的信息。王铁安半年前消失,只有两种可能:不是跑了就是死了。如果跑了,他为什么又折返回来,难道单纯为了杀死黑皮?如果死了,他又怎么能杀死黑皮?

如果王铁安不是杀死黑皮的凶手,那么……我大脑中骤然一片清凉,激灵灵地打了一个冷战,伤风都不免好了大半。因为如果顺着这个思路想,我发现了另外一件让我不寒而栗的事情:当时我见黑皮的时候,黑皮已经完全脱了相,我也是凭他穿的衣服才勉强辨认,而且自从我进了房门,黑皮只给我指过埋藏信件的地方，随后便死了，其间他说的话我都没听清。

原来我在那时就已经落入彀中。很有可能我去见黑皮的时候就有一双眼睛在暗处盯着我，甚至……那个死人根本就不是黑皮！

这一切还只是猜测。老板告诉我，王铁安这个人曾经受过伤，右手小拇指是缺失的，除此之外，他还经常带着一个木头吊坠，其上刻着一张女人的脸。

在问完王铁安的事情后，我顺嘴问了问有什么地方叫"凤聚"，譬如凤聚楼、凤聚阁之类的地点。这么一打听，这老板还真知道。这地方叫凤聚楼，在宝山的北边，都快出上海了，离南园书场远得很，不怪我没听过。老板还说那地方邪性得很，不建议我们过去。

等我们到了凤聚楼，已经快晚上。站在凤聚楼门口，发现这原来估计是青楼之类的地方。现在却大门紧闭，挂着转租的牌子。看得出周围原本也有几家店铺，但现在都是年久失修的样子，仅有的开着的几家铺子，里面也都是一副萧条景象。

我找到一间还在营业的饭馆，只有个老头倚墙根坐着。我和司马云岫买了两碗馄饨，找小椅子坐下，捧着碗吸溜，我一边儿吸溜一边儿向老头打听凤聚楼的事情。

"唉，那地方不干净，闹鬼。"老爷子听完我的询问，立刻就摆出了一副老人讲鬼故事时常用的表情，"原来这地方是鹿老爷看中的，鹿老爷你知道伐，鹿生。"

见我点头，老头抿了抿嘴，继续说道："鹿老爷想把这地方改造成繁华之所，开了间凤聚楼，并派了一个自己最信任的老账房来当掌柜。刚开始，一切都井井有条，后来一个来这儿喝花酒的大少爷死啦。听说这大少爷是被误杀的，凶手原本喜欢凤聚楼的一个花姐儿，结果听说花姐儿要被这少爷给赎出去，这才痛下杀手。但这纯属子虚乌有的事儿，这花姐儿是嫌那个凶手没钱，又缠着他，编出来骗他的。"

"然后呢？"

左侧旁注：
嗨，是组漆领被该内派人一个首子应织斗。漆领开加报复仇人。了数，最刺杀理未派系内惨败。

右侧旁注：
这件事情的起因是因为死去的这位公子，得到了一个他无法掌控的秘密。这也是镜门最大的秘密，跟仿制有关。答案就在这位公子当晚与人撒的谜当中。
另外，这位官家公子是后人一位领导者的孩子，所以招致了后人的疯狂打击。当然，后人不知道这一切是镜门所作。如果感兴趣，可以调查一下那张奖卷。

"这大少爷死得冤呐,凶手杀完人之后也当即自杀。从这儿就算开了头儿,接着凤聚楼的掌柜死了,再然后,周围开店的人,基本都死了。就连负责这一片当街的巡捕也死了好几个,也就一个多月,一共死了二三十号人。那谁还敢在这个地方做生意,就都搬走了。这店铺也就低价转让了。"

听完,我一脸难以置信,看司马云岫,她也是一样的神情。我跟司马云岫应该属于同一类人,都不怎么信鬼神之说。听老头话里话外太过邪性,好生生的地方,一个月之内死了二三十个人?平均一天就死一个人,即便现在的世道乱,也没乱到这个份上,更何况死的人里还有巡捕。

看来要好好见见这个出租店铺的人了,按照老头的话说,这地方是鹿生的产业,但是刚才挂牌出租的人可是叫朱蓉蓉啊。

今天孙子彦过来找了我一趟，原本我投件的快递里面经常有他的快件，看来也是个纨绔子。后来他家遭了贼，我去送件的时候给抓住了，一来二去就熟识了。

得消息信差重返，遭跟踪戏子无情

这个朱蓉蓉又是何许人也，要说来我还真听过她的大名。此人号称朱半街，顾名思义，在上海小沙渡附近，将近半条街的掌柜都是朱蓉蓉。其中酒楼、典当行、金银铺无所不包，要见到这样的人自然是不易的，我甚至都不知道她住在何处。

幸好凤聚楼挂着的出租牌子上写着地址，那地址就在日本领事馆附近。这也从侧面证实了朱蓉蓉不是凡人，一般人怎么能或者说怎么敢住在日本领事馆附近呢。回到租界区，夜已深，司马云岫跟我跑了一整天，眼看着也有些憔悴。走进客栈房间，我本打算睡觉，不料想司马云岫敲响了房门。

"今天你怎么突然问到凤聚楼？是之前就知道这个地方？"司马云岫进来问道。

"这件事情我也不确定真假，所以就没和你讲，今天去了一趟，发现其中确实藏着一些猫腻。现在和你说也不算我无的放矢。"我本意还是不想告诉司马云岫，对方能将信放在我的家中，那么对我的行程应当是了如指掌的，与其放在我的家中，为何不放在客栈之中呢？我猜测送信之人应该并不信任司马云岫。虽然我信任司马云岫，但总有这么一个疙瘩在这里。这回既然司马云岫主动询问，我自然就回答了。

我站起身在房内踱步，措辞着语言把我收到信的事情告知了司马云岫。包括我对黑皮之死的新推论，以及凤聚楼的事情。

"这么说，你怀疑黑皮没死？"司马云岫问道。

"也不能这么说，毕竟这仅是我的猜测。"

"那我们明天去找朱蓉蓉，确定凤聚楼的事情。但是我觉着，我们不应该被一封信牵着走。我们应该捋捋现在掌握的线索，以及未解答的疑问。总觉得，我们这么像没头苍蝇似的东闯一下西闯一下，问题是越来越多，可没几个能解决的。"

孙子彦可不是个普通人。今天吃了饭才知道，他祖上也是从南方过来的，靠倒腾赝品古董发的家。

听司马云岫这么说，我深以为然地点了点头。

我在黑皮衣兜里找到的纸条，指向王铁安就是凶手，但是他早在半年前神秘失踪，生死不知。苏璇，现在是上海妇女联合委员会的副主席，曾经是天乐园的舞姬、白蛾的同事，且有过失忆的经历。鹿万龙，不知道是何人所害，不知道死因为何。司马云岫的哥哥"落水而亡"，不知何人所杀，也不知哪里有头绪。至于送信者是谁就更不知道了，但是将所有没头绪的东西串联起来，最后都关联到那件宝物——天子玉上。而天子玉的下落，现在仍然是个谜。除此以外，我们没有拿到任何确凿的证据或线索。暂看送信者没有什么坏心思，也未对我不利，一切都等明天去找朱蓉蓉询问后再作定计好了。

第二天起了个早，我久违地去早市买了些肉蛋瓜果之类的东西，拎着前去见朱蓉蓉。毕竟是张嘴问事，人家的身份跟我们又天差地别，所谓礼多人不怪，拎着点东西总归是好的。此次我未带司马云岫，而是让她自行活动，前去见朱蓉蓉的事情我一人足矣，这件事情还不确定跟天子玉是否有关，也不好处处都麻烦一个女孩子跟我东跑西颠的。

行至朱府，此处果然气派，我敲响了大门，将拎着的礼物递给门卫，请他通报说是凤聚楼的租客。不一会便传来消息，让我进门与朱蓉蓉见面。我走进正厅，看见了朱蓉蓉，这女人四十多岁，保养得极好，浑身珠光宝气，贵气逼人。见我前来，朱蓉蓉第一句话便令我大吃一惊。

"说吧，今天找我是为了鹿生的事情，还是为了柴自荣的事情？总之肯定不是为了来租凤聚楼的吧？"

我心下一震，果然，在商场沉浮这么多年，哪个角色能是易与之辈？来租凤聚楼，随便一打听就能知道传得沸沸扬扬的闹鬼事件。这个时候声称来租凤聚楼的，十有八九是为了问事。这女人一句话将我本来的托词完全打乱，此时也只能顺着她的意思往下说，万万不能坚持租楼的说法。这类聪明人最讨厌的就是揣着明白装糊涂，如果我再说租楼，说不准直接就提了价码拿合同了。

我从椅子上站起来作了个揖:"不瞒朱老板,小的我确实有一些事情要问朱老板,还望解惑。在这之前,能否先容小的问一句,您怎么知道我是来扫听事儿的?"

"呵,说是租客你没市侩气,说是求我办事儿的你送的礼物又太寒酸。与我相识的又何必报租凤聚楼的理由,至于是对我不利的……"朱蓉蓉拖长了尾音儿,拿眼角扫了我一眼,"刚才不确定,现在确定不是了。"

"您真是慧眼如炬,我是想跟您求问,这个凤聚楼,他们说是鹿老爷的产业,怎么出租人写的是您呢?"我思来想去,还是决定一步步问起。

"那你知道鹿生跟我是什么关系吗?"朱蓉蓉扭动了一下腰肢,媚态横生地斜睨了我一眼。我随即就想到五六种只能躲在天桥底下说的那种关系。当然,这话我也就是在肚子里想想,是决计不敢说出来的。

"在下不知,还请朱老板明示。"

"鹿生是我的东家,这些产业都是鹿生的,我不过是帮着打理。鹿生失踪后,日子便难过了起来,我也是苦苦支撑,之所以低价转租凤聚楼,就是知道一定有对凤聚楼感兴趣的人。"

"那您刚才提到的柴自荣是?"

"柴自荣是凤聚楼当年的掌柜,也是鹿生的账房,跟鹿生的时间最长。鹿生失踪前,曾经单独找过他,俩人聊了一夜。后来,凤聚楼出了事儿,他也死了。另外,关于鹿家的事情,我也知道一些……"

…………

从朱蓉蓉处出来,我急吼吼地去寻找司马云岫。我得到了一条至关重要的信息,所以现在要立刻去巡捕房寻找线索。见到司马云岫的时候,我惊讶地发现顾晋这小子不知道什么时候回来了,此时正扯着司马云岫。而司马云岫,则是一脸的阴晴不定。见我回来,司马云岫起身说道:"跟我走一趟。"

我一头雾水地看向顾晋,发现这小子在拼命摆手。我瞅着事态不对,但还没来得及说什么,就被司马云岫拉着出了门。出门后,司马云岫领着我在街上瞎转悠,净挑没人的小路走,突然一个转弯,司马云岫停住脚步,拉着我在墙根埋伏。我刚想张嘴,司马云岫突然从墙角拽出一个男人。

这男人被猛地一拽,跟跄地跌在地上,面色有些慌张。我正糊涂着呢,突然听见司马云岫低喝一声:"果然是你,还我哥哥命来!"

<u>我还没反应过来,司马云岫忽地从腰间抽出一把匕首,划过那男人的喉咙。只见那男人捂着喉咙,"咯咯"了两声,便倒在地上不再动弹了。这时我才发现,司马云岫套了一身男人的衣服。她将被喷溅了一身血的外套脱下,连同刀子扔在了男人身上。</u>

至于我,早就吓傻了,跟提线木偶似的任司马云岫摆布。我们顺着另外一条小路回到客栈。顾晋跟那儿来回溜着呢。还没等我说出什么,司马云岫盯着自己沾了血的双手,忽然一手捂嘴,直奔茅房吐去了。

趁着司马云岫去茅房的功夫,我悄没声地拉了拉顾晋的衣角:"这怎么回事儿,你跟她说什么了?"

顾晋刚要张嘴回答,却不想门忽地被撞开,异变陡生!

（旁注：一个从未杀过人的人能干脆利落地出手吗？是怒。这不是怒,这是预谋如伏击。）

> 这儿写得有点拧巴，感觉有点春秋笔法。

说书人再探班房，鹿万龙死于剧毒

闯进来的不是别人，正是巡捕房的巡捕们。还没等顾晋喊冤，他们二话不说便拷走了顾晋。我趁这个间隙，走到领头人身旁，悄声问道："老总，这怎么回事儿啊？"

他恶狠狠地看着我，恶声恶气道："不该问的别问！"

我点头哈腰地送走这帮巡捕，心中有了定计。等司马云岫从五谷轮回之地出来后，我不等她开口问点什么，赶紧把她拉到里屋，拽着她就要脱她的衣服。司马云岫挣扎不能，抬手给了我一个清脆的嘴巴，一脸怒容地看着我。如果不是我俩还算熟识，说不准就张嘴喊人了。我捂着脸，怔了一会才反应过来，这么做有别于男女大防，于是赶忙指着她的裙子，压低声音说道："你看看！"

司马云岫低下头看，才发现她自己的裙子上沾染着血迹，想来是刚才杀人时溅上的。我继续压着嗓子说："赶紧换了！刚才差事让巡捕给抓了，他到底跟你说了什么，你又为什么杀人，他又为什么被抓走？"

我连珠炮似的问了一串，显然给司马云岫问懵了。她有些愣怔地看着我，局促的双手捏着衣摆来回揉搓，我正等着听回答呢，却不想司马云岫一把就把我推出房间，还把房门上了锁。里屋反正没窗户，也不担心她跑，我坐在座位上正运气呢，司马云岫突然开门出来，此时已换了一身新衣服。

司马云岫莲步轻移，坐在我边上，嗫嚅着说道："对不起啊。"

"对不起什么？你打我没事，你多打我两下都没事，我刚才也是太着急了。你跟我说说我刚才问你的，那才是正事儿。"

"啊？你刚才问什么了？"

好嘛，合着这位刚才什么也没听进去。我耐着性子又复述了一遍："差事刚才被巡捕抓走了，就在你去厕所的这么会儿功夫。差事到底跟你说了什么，你为什么杀人，差事为什么被抓？"

(旁注: 卫生 文雅； 是真抓，去交什么差 等； 闹脾气)

我一口气重复了一遍那三个问题,这三个问题把司马云岫问得一愣,脸一瞬间变得煞白,也不知道她想起什么了。她消化了一会儿,才抓着我的手焦急道:"差事怎么被抓了?到底因为什么?"

"姑奶奶,我这不问你呢吗?"看司马云岫着急的样子,我知道她这是一下子乱了方寸。刚杀完人,警察就上了门,虽然抓的不是她,但难免也有些震动。我给司马云岫倒了一杯茶,示意她喝点茶压压心神。看她稍微平静了一些,我才继续追问。这次我学聪明了,一个问题一个问题地问她:"你刚才为什么杀人,那人是谁?"

司马云岫紧咬下唇,直到下唇被咬得有些发白,才斟酌着说道:"那个人是哥哥的朋友,当年我哥哥去结账的时候,是他陪着我哥哥一起去的。后来我哥哥落水……我查出,就是他把我哥哥推下去的,这么多年,我一直在找他。"

"嗯……"我听到这个消息后沉吟片刻,觉得司马云岫应该不会骗人。虽然她下手狠辣利落,但人家之前是唱刀马旦的,会几手功夫也在意料之中。而且她杀人之后,又是吐又是呕的,显然是第一次杀人,凭着一腔热血把人杀了,反应过来了才知道恶心。

"那差事跟你说什么了?"

"他跟我说的就是他发现了这个人在跟踪咱们。我怀疑,这个人已经倒戈入那几个门派,否则为什么那晚他平安无事,单单是我哥哥命归九泉,死得稀里糊涂。"

这我倒是可以理解,毕竟从我接触司马云岫这么多天来看,她确实是一位重情重义的女子。见到谋害家兄的凶手,义愤之下出手杀人也说得过去。遗憾的是,她也不知道顾晋为什么被抓。看起来我的计策还是有些问题。我在心里做了些调整,打好腹稿后,思忖着开口:"你想不想救差事,我这儿倒有个一箭双雕的主意。"

看司马云岫摆好姿势,做出一副认真倾听的架势。我清了清喉咙,摆足

> 一桩杀人案竟然能牵扯这么多，而且警察竟然一点都指望不上。在民国的时候，哪个说书人敢这么干？先看到这儿吧，明天还上班呢，连着批注，今天也没看几页。

了派头，正准备去取(醒木)，才发现这不是说书，只得悻悻开口："我从朱蓉蓉那里得到了一条十分重要的消息。她说她见过鹿万龙，鹿万龙的腰间有一块巴掌大小的红色胎记。我这两天一直在回忆在停尸房见到的一切，身为一个商贾富豪，鹿万龙的手为什么会如此粗糙？"

"<u>你是说，死的有可能不是鹿万龙？</u>"司马云岫兰质蕙心，立刻就猜出了我要说的是什么。我摆摆手示意她接着往下听。

"我也不能确定，倒是胎记可以去查证查证。就算世界上有两个相貌一样的人，可不会连胎记都一样吧。你只需按我的计策行事。听好，明天你拿着一条小黄鱼，去打听顾晋到底犯了什么罪过。如果这罪过能赎，咱就把他赎回来；如果不能，咱们就徐图后计。实在不行，我可以再去求求苏璇。你这条小黄鱼，主要是用来吸引巡捕的注意……"

"就一条小黄鱼吗？"司马云岫眨了眨眼睛看着我。

"就你这身条，这长相，就算不用小黄鱼，吸引巡捕不也是信手拈来么？"我故意做出一副淫贼的样子上下打量着司马云岫。司马云岫脸上飞起两团红霞，轻啐了我一口："呸，刚才就该下重手打你。"

她这么一说，我脸上又犯起疼来，抬手揉了揉脸，没好气地说道："出不出卖色相，就看差事对你重不重要。等你吸引巡捕的注意后，我去下面的停尸间，再验验鹿万龙！"

司马云岫看着我点点头，撩了一下头发："虽然你这主意挺下作的，但我也想不出更好的了，那就这样吧。"

转过天待司马云岫打扮好。嗬，这不打扮不知道，一打扮才发现有那么……饶是我这种天天看她的人，都有片刻失神。司马云岫敲了一下我的脑袋："你跟顾晋一样，都是呆子，还不快走？"

到了巡捕房，司马云岫率先走进去。不愧是唱戏的，真是扮什么像什么，那一举一动真的是婀娜得很。司马云岫走进班房的瞬间，全部巡捕的眼睛都直勾勾地盯着她，司马云岫轻靠在一张桌子旁，眼波流转："各位老爷，

> 旧时行又称"醒（堂）木"，起到让听众静下来用。

> 看来作者也知道鹿万龙的死是不能这么轻易瞒过去的，开篇死的人自然不是鹿万龙。

73

我跟你们打听个人呐。顾晋,他是我的远方哥哥,小女子初到贵宝地,人生地不熟……"

司马云岫说出顾晋名字的时候,就有俩巡捕迎了上去。我一看,这俩献殷勤的主儿正是刚才抓捕顾晋的。这事儿有门儿,不一会儿司马云岫给我使了个眼色,我急忙悄悄地溜进巡捕房。所有的雄性,眼睛都在司马云岫的身上,压根没人注意到我。我驾轻就熟地下楼,走进停尸间。天助我也,停尸间冷冷清清的,一个人都没有,就连上次跟黑皮来的时候看见的老仵作也不在。

我打开冷柜,翻找鹿万龙的尸体。这具尸体竟然还没有被焚烧。我将鹿万龙翻了个身子,露出的一幕让我险些吐了出来:只见鹿万龙的后腰处被人拿刀子生生地挖掉了一块皮,背后血肉模糊,压根找不到胎记的地方。

我拿出银针,探入鹿万龙的喉咙。当银针提出时,已变黑色,看来是死于剧毒无疑。死了这么多天,毒性还没散,其猛烈可见一斑。时间紧迫,正当我准备抽身撤出时,忽见鹿万龙手腕处皮肤凹陷,还有一坨透明的黏糊糊的物质,我拿手一抹,心下了然。

赶紧起身回撤,接下来要找的人,我心里已经有了初步的算计。现在能救出顾晋固然万事大吉,就算救不出来,我今天有此收获也绝对不枉此行。

我出了班房,司马云岫还在被几个狂蜂浪蝶骚扰,我抿嘴一笑。对于司马云岫的功夫,我心里是有数的,这妮子绝不会让人占了什么便宜去,先回客栈等着,司马云岫一来,我就要拿着手中之物前去问罪!

旁注:难道偵夜起这是镜门模糊真相的手段,如果是镜门出手,在这里的可能会是十具一模一样的鹿万龙尸体。这么拙劣的栽赃手段,是想将自己洗白吗?鹿万龙早就已经死了!

好久不看，都快忘了这本书了。这话本小说里面的方言确实挺多，有些方言是我当北漂才知道的。看来这位作者应该是个北方人吧。

查毒药出自何处，推凶手初现端倪

回到客栈，还没等我喝完一杯茶呢，司马云岫气冲冲地推开门走进来，身后跟着臊眉耷眼的顾晋。司马云岫往凳子上一坐，拿起杯子给自己倒了杯水，像个汉子似地一饮而尽。随后将茶杯顿在了桌子上。

"怎么了，怎么这么大气性。差事究竟犯了什么事儿让巡捕给抓了？"我看司马云岫能把顾晋给带回来，又是一副气冲冲的表情，就知道这事儿肯定不大。

"你自己问他！"司马云岫余怒未消。

"那我哪儿能想到那姑娘是督察的三姨太呀，穿成那个样子……我不也为了查案嘛。"顾晋嗫嚅着给自己辩解。

司马云岫听完顾晋的话，更加气愤，猛地一拍桌子，茶杯都轻轻地晃动起来，吓了我一跳："呸，他哪儿是为了查案。他就是上街调戏妇女去了！我去问了才知道，原来这小子上街调戏督察的三姨太，让人家三姨太找巡捕给抓起来了。"

我大概听明白什么事儿了，顾晋这小子调戏妇女，竟好死不死地调戏到督察府的三姨太头上，这不是老寿星上吊——嫌自己命长了嘛。我赶忙站起来打圆场："行了行了，好在这不是没事儿了吗？" *上海骂人的话。*

"没事儿？巡捕房里面好几个(小赤佬)占我便宜！"说这话的时候司马云岫还找了条毛巾，不断地擦拭双手，表情显得十分厌恶，"这能叫没事儿吗？我说他是我的远方哥哥，人家巡捕不信，我又说我是他的未婚妻。好家伙，这我才知道事情真相。有巡捕就差跟我说我的未婚夫是个色魔，让我早点找别人嫁了。看那几个色狼的样子，恨不得当场来个比武招亲——喏，这是你给我的，没用上。"司马云岫说到最后，从腰包里把小黄鱼拿出来，扔到桌子上，发出了叮当的声响。

"你也是，你没事调戏什么妇女啊！真有需求你可以花点钱嘛，花点，要不了多少钱。"眼见着司马云岫在气头上,我只能先帮着批评顾晋,好让她把气消了再说。我一边义正言辞地批评顾晋,一边给他打眼色,让这小子赶紧认个错,服个软,把这篇儿揭过就得了。

"姐,我错了。我对不起你,我再也不敢了,你要是觉得不解气,你揍我一顿吧!"顾晋领会了我的意思,表现出一副英勇就义的沉痛表情,低着头,语气哀痛。不过按理说真心悔过的人怎么都得掉两滴眼泪,而顾晋,虽然语气表情到位,但都是干打雷不下雨——这小子的表演功力还是不够啊。

"哼!揍你?我还怕脏了我的手呢。"司马云岫冷哼了一声,拂袖而去,直奔里屋,带门的时候发出了一声巨响,显然是没有完全消气。但是司马云岫这么一离座,这事儿也算是告一段落了。回头再让顾晋好好请她吃个饭,或者送些首饰之类的赔个罪,也就把这篇翻过去了。

"你小子怎么搞的,调戏妇女没事儿,可让人抓个现行,这就是你的不对了。"我见司马云岫去了里屋,悄声对着顾晋挤眉弄眼地说道。

"我的亲哥哥哎,你可真是冤枉我了。我为了你托付的事儿忙前忙后,现在哪儿还有功夫调戏良家妇女啊……呸,以前我也没调戏过妇女啊。我跟您说,事情是这个样子的。去苏州后不久,我就发现被人跟踪了。也不打听打听兄弟是干什么的,信差,送信的。大街小巷,人来人往的,这不都得记着,要不耽搁了时辰,送错了信件,这不净等着挨骂呢吗。"

"那跟你调戏良家妇女……"

"别打岔,听我说完。"听顾晋这么说,我索性闭口不言,心里开始倒腾背着《丑娘娘》的评书(赞儿)顾晋这人什么都好,但话匣子打开之后真是搂不住。等他说到正题,还不定是什么时候呢。评书的一种表现手法。

果然,听顾晋絮絮叨叨了两三分钟,才算逐渐进入正题:"我发现啊,有人跟踪我,我就留心了。尤其在我查出了点跟黑皮有关的线索之后,这帮人索性不装了,几次三番地想对我下手。我一个人身在外地孤苦伶仃的,幸好还算认识几个相熟的老主顾,跟我玩儿了这么一手瞒天过海,才算是能活着回到上海。到了上海,我发现呐,有个跟踪我的人是督察府里面跑腿的人,这时候我才反应过来,原来跟踪我的不止一波人。我假意接触三姨太,向她寻求帮助,她才给我指出了另一拨跟踪我的人,就是——"顾晋说到这里,拿起茶盏给自己填了杯茶,润了润喉咙,压低声音继续跟我说:"就是云岫杀死的那个。中间可能被哪个好事儿的巡捕看见了,为了讨督察欢心,就把我抓起来了。"

说完这么一大段话后,顾晋开启了新的话头:"说到女人这一块,你知不知道大都会里面的女人,那个顶个儿的赛着都……"(一个比一个)

"得得得得得,"我急忙打断了这小子的胡言乱语,再让他说下去不定能说出什么少儿不宜的话来,更何况,从他刚才所说的话中,我获取了一条难得的信息,"你刚才说你去苏州打听出了黑皮的消息?"

"是啊,我查了查,黑皮之前压根儿没去过苏州,去的是南京!"

南京?他去南京干什么?我一时间有些懵,无论是苏家灭门的案子、鹿家失踪的案子,还是李安亡故的案子,不是发生在苏州,就是发生在上海,和南京没有半毛钱的关系,他去那里干什么?而且我从黑皮兜里翻出的火车票明明是去苏州的啊。我百思不得其解,但一时想不通的事情索性就不去劳神,俗话说得好,"车到山前必有路,船到桥头自然直"。现在有另外一件事情摆在我的面前。

"差事,你有事儿没事儿?没事儿跟我走一趟呗。"

"干嘛去?"

"找三孙子去。我觉得他跟鹿万龙死的事儿脱不了关系。"

"你怎么知道?"顾晋揉了揉鼻尖,拿出鼻烟壶嘬了几口,反问道。

"嘿嘿,山人我算出来的。"我开了个玩笑,拍了一把顾晋,"甭抽了,留神有天再抽死你。你问问云岫,看看她去不去,正好跟云岫好好把关系缓和一下。"

"我又不抽大烟,鼻烟还不让抽了?"顾晋嘟囔了一声,不过还是听话地朴：他不是泼皮，而是个巡捕。后来不知怎么中了一张奖券，然后一夜之间就发达了。我调查清楚了，奖券的样式我之前也印在这里了。

站起身来，敲了敲里屋的门，"我的好姐姐，我们要出门啦，您跟不跟着一块来呀？"

"不去，你们去吧！"司马云岫的声音听起来有些生硬，得，这气儿还是没消。我起身冲着里屋喊道："那我们先去了，晚上回来给你带点饭，吃小笼包还是粉丝汤？"听里面久久没有回应，我拉起顾晋便出了门。

说到这个三孙子，跟我们可算是老相识了。此人姓孙，家中排行老三，原本是街面上一个泼皮无赖，净干缺德事儿，所以得了个"三孙子"的外号。但是前几年不知道因为什么陡然富裕起来，还在医院找了个供货的活计，也算是有钱了，跟我们这帮人也就逐渐断了关系。但是我曾经听他说过，医院有一种线，专门用来缝合伤口，缝上之后，可以分解，被人体吸收。但是分解之前，这种线可以说坚韧至极。

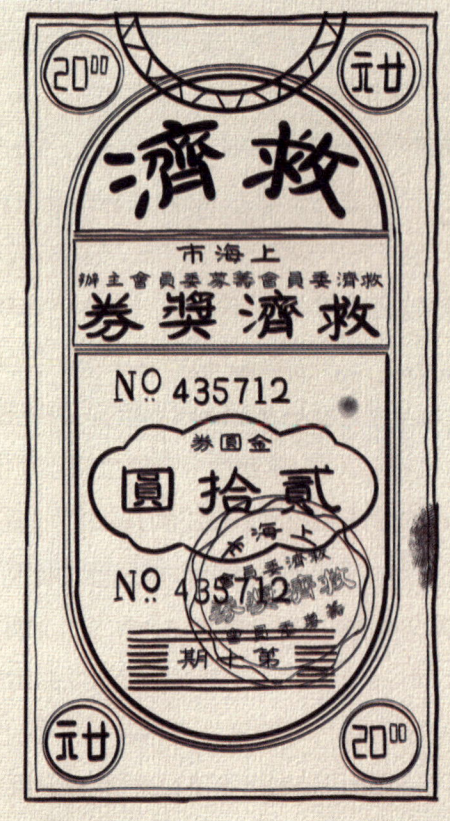

敲响三孙子的家门,他居然亲自迎了出来,穿着一身员外袍。对我们虽然热情,但总有股子假惺惺的感觉:"二位今天怎么有功夫到我这儿来呀,中午出去吃伐?仙客来,我请客。"

"少来,甭跟我扯淡。我问问你,上次你说的那个医疗线,你经没经手过?"

三孙子一听我这话,脸上变颜变色的,还没等我追问,便把我们拉进了会客室:"你们是为鹿万龙来的?"

"哟呵,你这三孙子,消息还挺灵通啊。"这句话不是我说的,是一旁的顾晋冲三孙子打趣。说完,他又拿出鼻烟壶有一搭没一搭地抽起来。

"嗨,街巷的事情我得关注着。鹿万龙,我认识,你们晓得伐。我知道他死了,心里也不好受得很呐。我问问你,你见没见鹿万龙的尸体,他的舌头是什么颜色的呀?"

我一听三孙子这话,顿觉得这事儿有门儿,这属于不打自招啊:"蓝紫色的。我跟你说三孙子,现在你惹上不该惹的势力了。我劝你知道什么赶紧说,要不等人找上来,那可就后悔莫及了!"

"哎哟,这话可说不得呀。完啦完啦,我就知道这事儿里肯定藏着事儿呢。之前,鹿生鹿老爷下辖的一个药店产业,从我这里买走了那些医疗线。至于毒药,我见一个神秘人卖给药铺的。我拿了一点这种毒药——你知道的呀,我们做医药生意的,都得懂点什么吧。我拿我们家狼狗一试,好家伙,不到一分钟就没了,舌头嘛也是蓝紫色的。而且,身体无论里外都是冰凉冰凉的呀。"

<u>听三孙子这么说,我心中已经排出了一个大略的作案手法,低头沉吟了片刻。杀害鹿万龙的凶手,已经有所端倪了。</u>

这么快就排出作案手法,您之前是干这个的吧?

0061
Chiang mai

运筹帷幄兴师问罪，惊惶惶街边横尸

回到客栈，我们发现司马云岫不见了。我推测她出去散心了，毕竟顾晋干的这恶心人的事儿确实挺影响她。司马云岫也没给我们留下点什么字条之类，还好她的功夫我们都是有目共睹的，所以我们也没有太过担心。不夸张地说，司马云岫的这身功夫打两三个我那是绰绰有余。

我见顾晋四处转悠，便拉了拉他："差事，估计云岫出去散心了，你听听我的推理如何？"我把玩着桌上的物件儿——凝成固体的一坨浆糊。一般我有什么东西想记下来的，都会写在纸上，用浆糊粘在墙上。这么多天，墙上已经粘的满是我写的纸条了。

"你真的推出了鹿万龙的死因？"顾晋瞥了我一眼，又把鼻烟壶掏出来，"别玩了，这玩意黏不拉几的，恶不恶心。"

我顺势把浆糊放下，扯了块布擦擦手，"嘿嘿，这案子还难不倒我。走，咱们去会会这个杀人凶手。"

我拉着一头雾水的顾晋，出门叫了一辆黄包车。不多时，便来到了朱蓉蓉的住所。一打听，朱蓉蓉竟然不在家，而是去了鹿生的药铺。正好，这回抓她一个人赃俱获。我跟顾晋又叫了一辆黄包车，前去鹿家药铺。

到了地方，我刚准备下车，顾晋突然捂着肚子一脸扭曲："哎呦，哥哥，我不行了。准是刚在巡捕房里那帮孙子给我灌的辣椒水。不行，不行了不行了，哥哥，我得找地方方便方便，你先进去。"

"滚吧！"我笑骂了一句，"你小子就是懒驴上磨屎尿多，那回头我再告诉你山人的推理过程。"

"得了，谢谢哥哥。"顾晋冲我拱拱手道了一声谢，便一溜烟儿地小跑走了。而我下了黄包车后，径直走入鹿家药铺。进门一看，朱蓉蓉果然在此，与她一道的，还有一个账房，此时不知道两人在聊些什么。见我进来，朱蓉蓉只是随意一伸手，示意我自便。

"朱老板,好久不见呐。"我对朱蓉蓉拱了拱手,"朱老板,鹿万龙头几天死了的事情,相信你知道。今儿我已经找到了凶手,特来说给朱老板听听。"

朱蓉蓉闻言扭过头来:"哦?你说说,这杀人凶手是谁?"

"杀人凶手不是别人,正是您朱大老板呐。"我胸有成竹地说道。如果此时给我配把扇子,戴个纶巾,我活脱就是诸葛在世。

"胡闹,你要是开玩笑,那这个玩笑可就太过了。"朱蓉蓉脸上明显浮现出了怒容,但终还是克制住了。

"朱老板稍安勿躁,我一没带人,二没报官。朱老板想整一个小小的说书人那还不是易如反掌?今天我就是来跟朱老板说说,您是怎么杀的人,包括您的杀人动机。"

"哦?那我倒要洗耳恭听了。"朱蓉蓉反而敛起了怒容,搬了把椅子坐在我身边饶有兴致地看着我。

"三孙子跟我说,前两天,您这儿进了一批缝合线,这种缝合线一般只有医院才会要。一家药铺,要缝合线做什么?就算买了,谁有那个缝合的手艺呢?而且缝合线在五六天左右就会溶解消失,所以必须要特殊保存。"

"然后呢?"

"朱老板不要着急,这只是其一,还有其二。三孙子还告诉我,这间药铺还购了一批剧毒的毒药,人只要吃了,会立刻死亡,并且舌头会变成蓝紫色。我去查验了鹿万龙的尸体,他的舌头就是这个颜色!分明是朱老板雇人将鹿万龙毒杀,之后再给他穿上衣服,拿着缝合线提着他四处行走,待见到一个目击证人后,便撤去线,让鹿万龙倒在地上。这样一来,鹿万龙惨死街边,任谁也怀疑不到您朱大老板的头上。至于你这么做的理由,也很明显:鹿生失踪,鹿家的产业都是朱老板您在把持。鹿家一个人都回不来才好呢,这样您便能一个人独吞这份巨大的家业。现在突然出现了一个鹿家嫡系的鹿万龙,无论您打的什么主意,斩草除根应该也是必要的吧。虽然还有一些小疑问没有解释清楚,但是大体就是这个样子了。"我一口气说完,拿起茶盏儿喝了一口茶水,好整以暇地看着朱蓉蓉。

("好,好,好。在线索不全的情况下,你能推到如此地步,也算是聪明了。但是今天我给你些新的线索。这第一,此间药铺在两年前,鹿生失踪不久后,便有人拿着地契将这间铺子收了,这儿真正管事儿的人也不是我,我只不过是个挂名的头衔。我家里还有合同,我不能插手这里面的事务,只是每个月前来对个账。说白了,我就是个高级账房。其次,你自己看吧。"朱蓉蓉听完我的推理后丝毫不怒,反而露出了一种似笑非笑的奇怪表情,说完这番话后,将店铺的账簿递给了我。我的确翻到了缝合线和"蓝色之梦"(想来就是那个毒药的名字),但是购买人却不是这间店铺,只是委托店铺保管,算是寄存。我看到购买者名字后大吃一惊,因为购买人不是别人,上面赫然写着"鹿万龙"三个大字。)

"怎会如此!"我眉头紧蹙,朱蓉蓉拿出的新证据将我之前的推论完全推翻。她不是杀人凶手,那还会是谁?鹿万龙又何必亲自买这些东西,是受人胁迫,还是早已心存死志。正当我满脑子浆糊的时候,顾晋这小子终于来了。

"怎么样,凶手认罪伏法了吗?"他这一句话就好比给了我一个响亮的耳光,我急忙说道:"是我推理错了,朱老板没什么嫌疑。但是——杀人手法,我觉得我没有推错。"

我把刚才的事情跟顾晋概述了一遍。这小子看完账簿后,居然数落起我来了:"不是我说你,做事一点也不周全。这么唐突,冒犯了人家朱老板,也就是人家大人大量,如果要是报官告你诽谤,我看你免不了要吃官司。朱老板,那我们就不打扰了哈。"

我知道,顾晋这是表面上数落,暗地里保我。若真是朱蓉蓉追究起来,那我还真的保不齐得蹲几天号子。以我现在这种四面树敌的状态,很可能就不明不白地死在牢里了。我打量着朱蓉蓉的表情,见她没什么怒容,便灰溜溜地作了揖,告退出门。

出了门,我一脸晦气地跟顾晋在街上溜达,丝毫没有欣赏周围景色的兴

> 虽然鹿万龙投靠了镜门,但是镜门并不擅长生产毒药。反而是后人,他们是杀手组织,这些东西对他们来说轻而易举。况且,鹿万龙在当年就死了,怎么会又来购买?分明是后人窃取了鹿万龙的权限。

致。突然听到一声重物落地的声音,我抬眼一看:距离我不到三丈的街边,赫然摔下来一个人。我疾步上前,只见此人仰面朝上,已经没了呼吸,脖子上有一大圈黑紫的印记。见此情景我大惊失色,因为躺在地上的这个死人,不是别人,正是三孙子!周围群众也吓了一跳,一个刚买了冰棒的小胖子怔愣着,冰棒掉到了地上。

我抬眼上瞧,二楼一处窗户开着,窗子还在随寒风轻轻晃悠。此地也是一处客栈。我和顾晋蹬蹬蹬走入客栈上楼查验——三孙子的死肯定跟鹿万龙一案脱不了关系,案发现场我们必须要看看。否则一会儿等有人报官,巡捕赶来,那就什么信息都得不着了,除非再进巡捕房偷卷宗去。

进了三孙子的客房,一阵热浪扑面而来,就跟桑拿房似的。房间内不算整齐,好似有打斗的痕迹,只是不见凶手。我查了剩下的客房,里面有的住人,有的是空房。可住人的房间里不是一家三口,就是老人,也不怎么具备杀人能力。

我走到窗户跟前查验了片刻,发现外推窗子的窗棂上有些微黏,还湿漉漉的。还欲再看,透过窗户远远地看见巡捕赶来了。我急忙拉着顾晋下楼。这整个客栈,只有一个出口,被一个小二看着。我趴在柜台上,询问小二刚才是否有人进出,小二摇了摇头,刚要说什么,顾晋冲我大喊:"哥哥,巡捕来了。"

一听此话,我是撒丫子就跑。被巡捕抓到,即便我不是杀人凶手,也得惹一身骚。这帮巡捕制造冤假错案的能力我可是深有体会,到时候可就黄泥掉在裤裆里,有理我也说不清了。

> 昨天晚上突然想到，这本书会不会是今人伪造的，否则的话书里面的主人公可见识的太广了。

阴阳错误得彩票，命中定天意难违

跟着顾晋一路狂奔，跑得是上气不接下气，穿了得有两条街，看身后实在是没人追，才算放下心来，慢慢地把气喘匀了。再看顾晋，好家伙，还不如我呢。虽然明显比我年轻两三岁，干的还是东跑西颠的信差活计，但此时呼哧带喘的就差背过气去了。

"我让你小子少抽点烟，你瞅瞅你这体格还不如我这天天坐书馆里说书的呢。你这个用腿的还比不过我一个用嘴的。"我边喘着粗气，边揶揄道。

"我的好哥哥，你可闭嘴吧。我这是……这是刚方便完，脚步虚浮。你就不要在这里装蒜（装蒜=作势）了，等我缓过来咱们再比一次，我让你一条腿。"

"甭扯淡了，你让我一条腿，你蹦着跟我比啊？"我有些啼笑皆非，轻拍了顾晋一下，看他畏缩地往后退了一步，心下大畅。但要说继续走路，那是一步都走不动了，只好拦了一辆黄包车，我跟顾晋把身子撂在车上。这车夫一看就是个生手（生手=新手），这点路拉得是跌跌撞撞、磕磕碰碰。到了客栈下车，我一手扶着老腰，一手跟顾晋互相搀扶。给车夫结了钱，他把车拉走的空儿，我一眼便看见了原本被车身挡着的、街对面的场景。这一看，我眼睛一下便直愣了。

那是一个卖花的盲女，从岁数上看，年龄不大。她挎着花篮，见人便递去一枝花，也不说话，只是歪歪头表示询问。若那人走开，她便收起花；若那人停下，她也停下；若那人掏钱，她便把花篮递过去。我目不转睛地盯着她，她似乎感受到了什么，转过头与我对视，没有焦距的灰色瞳孔中竟然划过了一丝令我看不懂的神采——没错，这卖花的盲女，正是那晚在小巷子遇到的那位。

"怎么了？"顾晋看我半天没反应，伸手拽了拽我，把我从失神当中给拽了回来，"你刚才傻了，盯着街那头看什么呢，快点回去吧。我的老腰，我可得好好休息休息。也不知道云岫回来没有，咱还忘了给她带饭了你发现没。"顾晋絮絮叨叨地说着，我却没听进去多少，反而抓着顾晋的手问道："你刚才看

不像，看书的年份就不像，更别说这是从我爷爷那儿翻出来的了。

见了吗？"

"看见什么了？老凤祥？"

"有个卖花的盲女，刚才在那里，看见了吗？"

"哪儿有啊，哥哥，咱回去吧。"顾晋扭过头瞧向对面的街，盯了一阵说道。我回过神后再看街上，确实没了卖花盲女的踪迹。这个女人是谁？我大脑闪过一道疑问，但随即便把这个疑问抛诸于脑后。毕竟我有太多事情没解决，虽然这个盲女让我好奇，但在这个多事之秋，多一事不如少一事。人家奇怪与否，过得好不好，与我有什么相干。

回到客栈，我与顾晋对面而坐，司马云岫还是不在屋。看来顾晋真是把她气得够呛，我挠了挠头，刚想问顾晋，却见这小子没心没肺地又抽起了鼻烟，我不禁说："差事你小子能不能长点心，你看看云岫让你气得现在都没回来。"

"你担心她还不如担心我呢，你想想她气成这样，等她回来万一要揍我一顿，我浑身上下还能有一块好肉吗？"顾晋苦兮兮地看着我，"我现在不赶紧抽两口，等会她回来打我，不更疼吗？我这浑身烟味，保不齐她一嫌弃，我还能逃过一劫呢。"

"你呀你呀，你这点聪明但凡用在正地儿上，何至于现在还给人跑腿送信呐。"我又是好气又是好笑地摇了摇头，"今天确实干了不少事情，早点歇息。你回房睡吧，我在这屋等等云岫。"

顾晋应了一声，回了自己的房间，而我则在屋中思考三孙子的死因。三孙子早不死晚不死，偏偏就在我找完他，他告诉我了一些事情后突然就死了。若说这其中没什么猫腻，怕是傻子也不信。

而看三孙子跟我们说话时那副神态和语气，分明是早就料到了自己可能身处险境，所以不敢将自己知道的事情全盘托出，只能暗示我们前去鹿家药铺。但万万没想到，他还是被杀了。对于三孙子的死，我还是很愧疚的，毕竟如果我不去找他，他可能也不会就这么被人杀死了。

三孙子怎么会知道这么多事情?他原先只是一个市井泼皮而已,之前与他相识的时候我便对他的为人有所了解。如果没有足够的利益引诱,这个人是绝不可能冒生命危险的。加之这个人又有小富即安的心态,他富裕了之后,更不可能掺和到这里面来。

　　等等,一道闪光如流星般划过我的脑海,我突然想到了一件事情——三孙子是怎么发家致富的?有没有可能这件事情就是他发家致富的原因?等他发了家,再想抽身已经来不及了,只能一条路走到黑。三孙子显然也不是甘为鱼肉的主儿,所以在我们找上他的时候,他才会如此提示。现在细细想来,三孙子的表现太过反常。按理说,以他的性子,雁过拔毛,我找他问事儿,没个三五块银元休想撬开他的嘴。

　　想到这里,我睡意全无,暗自盘算三孙子与整件事情的关联。不知何时,东方既白,一丝光亮透过窗户照在了桌上,正如我现在的心情。如阴云般笼罩着我的庞大谜团,已经迎来了第一道曙光。

　　我赶忙推门把睡眼惺忪的顾晋从床上拽起来。此时我才发现,司马云岫竟然一夜未归。不过我已经没功夫去想司马云岫的事情了,我摇晃了顾晋几下,把他的睡意彻底打消:"差事,今天没别的任务,弄清楚三孙子他究竟为什么发家致富!"

　　虽然我说得着急,但是这件事情还是比较好查证的,毕竟我跟顾晋都在街面儿上讨生活,三教九流认识的也不少。三孙子之前也与他们相识,就算我们记不住,总归是有人能记住。

　　一圈儿查下来,原来三孙子的发家致富是因为一张奖券——上海救济奖券。说实话,我向来对这种东西不是很买账,说白了这种奖券,就是你花些钱,买上一张,它上面有编号和日期,到了日期,它便开奖,若是中了,则能获得一笔天文数字的银钱。

　　就拿上海救济奖券来说吧,一等奖有二十万银元,二等奖也有五万银元。要知道,上海一户农家一年的收入才不过三四千铜板,换作银元也就三

这张奖券是否也是后人组织给出去的。

> 书里面出现的这个名字好熟悉——靠,这不是孙子彦家祖宗的名字吗?

四个。五万银元,光是想想就让人头脑发昏。但是要中这奖也是极难的,谁不知道那些数字都是老爷们商量好的,要谁中谁就中?

我跟顾晋来到了奖券兑换点,兑换点的老张头跟一名官府老爷传闻是同乡,过来投靠,就给他安插了一个卖奖券的差事。这个差事老张头一干就是十多年,所以关于奖券的事情问他一准没错。

"张大爷,那还有什么别的奇怪的地方吗?"

"别的,我想想——对了,孙进喜他是当买当兑的。" [旁注:即为当时买彩票,当时兑换。]

"当买当兑?"

"对,当天……孙进喜来了一趟,买了张彩票,我记得挺清楚,不到一刻钟就开奖了。他买完奖券后就往饭馆儿溜达,刚开奖没几分钟,他就回来了,把买的那张奖券往我这儿一拍,您猜怎么着,大奖,五万银元呐!"

我跟顾晋对视了一眼,这三孙子运气真能这么好?当买当兑的奖券,也没经过什么计算,什么求神拜佛的仪式,就那么中了?那边老张头还在絮絮叨叨地说着:"他跟我说,得把奖券复印一张挂他们家,这是天赐的富贵呀。"

我听到这句话,本能的反应就是三孙子一定留有后手,这个后手跟奖券一定有关系。当然也不能白问,肯定多少要买张奖券的,我们买了一张,这奖券上面竟有个墨点。我拿给老张头看,他却说没什么可在意的。

"嗨,这印机出了毛病,老说报修,但也没人来修。这个墨点不妨事的,我们验证奖券真伪和墨点没关系,能照常用。"

拜别了张大爷,跟顾晋一路杀到三孙子家,发现孙宅已经人去楼空。我和顾晋走进去,正准备搜索,却不想异变陡生!

[左侧手写批注:]
奖券一共有两张,孙进喜买的和兑换的并非同一张。因为老张头的机器出了问题,奖券上却有墨痕,孙进喜家中复印出的那张奖券可以看看有没有墨痕。我这里有一张照片,是孙进喜撕碎的一张奖券,看看照片上有没有墨痕,自然就能推断出哪张才是孙进喜买的了。奖券却是大人物内定的,作为镜门,知道一个奖券号码自然不是什么难事。而这就是他们给孙进喜的报酬,杀漆公子而造脑灯。

今天真是晦气，有个混混找了个由头拦了半天我的派件车，回去又发现家里被偷了。还好没损失什么财物。

神秘人纸条传信，上海滩危机四伏

我和顾晋两个人躺在地上，毫无风度地喘着粗气。顾晋的左大腿被刮出了一道血口子，只是简单地扯下一块布包扎。我也好不到哪儿去，我的胸肋一阵阵钻心的疼，不用摸就知道肯定是青紫了一片，就是不知道有没有伤到骨头，脸上也挂了彩，每一次呼吸都带着一丝血腥气。我俩的身上都溅上了斑斑点点的血迹。

让我俩如此狼狈的罪魁祸首，就躺在离我们两步之外的地方，喉咙处有一道血痕，鲜血流了一地，眼见是不活了。

刚才，我和顾晋进门，正准备搜索三孙子的家——他既然留下了奖券的复印件，断然不会仅是留下来做个纪念，其中必然有什么蹊跷。

我们走进正厅，刚准备分头进行搜索，突然从斜刺里冲出一个蒙面人，拿着一把短刀，二话不说冲着顾晋抬刀就砍。幸亏顾晋信差当得久了，反应机灵，当即一个懒驴打滚避开了要害，但还是被刀锋在大腿上剐开了一道血口。

面对此情此景，显然是不能坐下来倒杯茶，互相打听来历了。看那蒙面人的架势，明显不是能沟通的，毫无疑问是要取我俩性命。见顾晋受伤，那蒙面人还欲抬刀再刺，眼看着顾晋就要命陨，我怎能袖手旁观。我一人单打独斗肯定不是这个蒙面人的对手，有了顾晋还有胜算，我当即一个恶狗扑食，撞在蒙面人的身侧，得亏我还不算瘦，加上我这一扑，蒙面人没有防备，我俩登时就变成了滚地葫芦。

我被蒙面人压在身下，手肘乱动之间，脸上很快就挂了彩。此时，我也被激发了狠性，不顾身上的疼痛，双臂双腿像八爪鱼似的将蒙面人狠狠箍住，无奈这人力气忒大，我根本压制不了多久。

"差事！"我大喊一声，顾晋拖着伤腿从地上爬起。我狠憋了一口气，维持现在的状况。但这蒙面人不知什么时候挣脱了一些，用刀柄狠狠地敲在我的肋条上，一下便把我敲得岔了气，手上一松，蒙面人马上便要挣脱出去，我又抱着蒙面人，用力向右一滚，他失了平衡，此时顾晋刚好过来，趁着黑衣人失去平衡的瞬间，夺了他的短刀在他的喉咙上猛地一划。

我不敢大意，仍旧死死地抱着蒙面人，直到他的挣扎完全停止，我才松开双手，将他推到一旁。我跟顾晋顺势躺到地上，喘了半天粗气，才爬起来。扯开蒙面人的黑巾，看此人相貌平庸至极，属于扔到人堆里转眼就消失的那一类长相。这段话说起来长，但发生也就是兔起鹘落那么一瞬间。

我跟顾晋这就算是杀了人了，这地方也不能久留，但我还是强忍着恶心，把尸体的内内外外都搜了一遍。尸体上的物品不多，除了短刀，只有打火器和猛火油，以及一面随身的小铜牌，上面雕刻着一个八角古镜的轮廓。

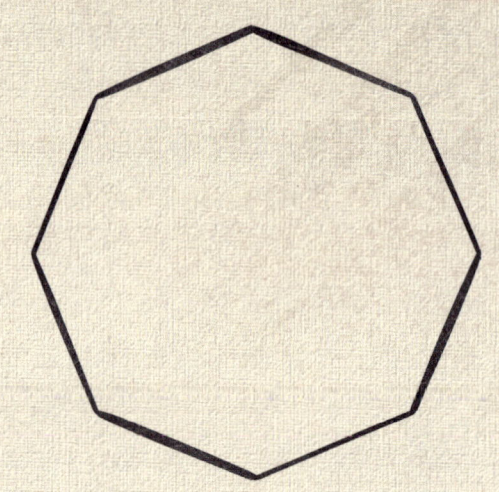

此人绝非是镜门中人，镜门当初并未委派任何人前去，打草惊蛇的事情我们不会去做。

此人的目的不必多说都能想得出来——放火烧毁证据。得亏我们反应够快，早来一步，再晚一会儿孙宅就要变成火海了，好不容易得到的线索又会断掉。至于那面铜牌，上面的八角古镜肯定就是这个人身份的信物，看着其上的八角古镜图案，我第一时间便联想到了镜门。但我也不知道自己猜的对不对，如果镜门的标识是镜子，那盘门的标志难不成是个盘子？

不管怎么说，现在镜门的嫌疑确实最大，我跟顾晋一瘸一拐地在孙宅搜寻，虽然都负了伤，巴不得多呆一会。但是谁也说不准，这放火的有第一批，是不是还有第二批。以我和顾晋现在这种状态，再来一个身手跟刚才蒙面人差不多的，我俩加起来三百来斤今天就交待在这儿了。

所以我们必须要尽快找到那奖券的复印件。我突然灵光一闪，穿过大堂直接来到了三孙子的卧室。按理说，三孙子这样的人，重要的东西肯定要贴身保管。在三孙子的卧室，我发现布置得不算复杂：只有一张梨花大床和一张桌子，桌子边上贴墙摆着两张官帽椅。

乍一看，这就是普通得不能再普通的卧室，但以我对三孙子的了解，断然不会这么简单。我俯下身东敲敲西碰碰，过了十来分钟一无所获。我有点失望地抬起身，莫非三孙子没把复印件藏在卧室，又或者复印件已经先一步被其他人取走？我有些丧气，正好胸肋又隐隐作痛，索性赌气似地躺在三孙子的梨花大床上休息。看着天花板我突然福至心灵。翻身下床，将床上的铺盖什么的全部扒拉下地，露出了床板。

果不其然，在床板的上方，放枕头的地方，有一个巴掌大小的可以活动的木片，将盖在上面的木片取下后，露出的正是压在底下的、折叠好的，我心心念念的奖券。时间紧迫，我顾不得细看，只是粗略地扫了一眼，便揣入兜里，到偏厅叫住没头苍蝇似的顾晋。

正准备往外走，突然我一个愣怔，停在原地，顾晋大腿有伤，本来是搀着我走，结果我这一停，他一个没扶住，趔趄了一下险些摔在地上。顾晋回头"哀怨"地瞪了我一眼："老东西，怎么走着走着还带停的？"

我没有多说，只是抬手指了指。顾晋顺着我手指的方向看去，赫然也跟我一样傻在了原地。把我们吓在原地的并非是什么死人诈尸的离奇剧情，只是大厅的八仙桌上突然多出了一封信，用白色纸皮包着，在黑红的八仙桌面上显得异常醒目。

"差事，你进来的时候看见这封信了吗？"我小心翼翼地询问顾晋。

"没、没有。"顾晋说话有点结巴，不知道是被突然出现的信封吓的，还是腿上有伤疼的。这种场景我已经经历过一次，对送信人也有了一个大概猜测,所以胆子大了许多。走上前去,将信拿起,看着信封上面熟悉的落款,我一拍大腿:果然,又是那个建文后人所书。

拆开信封,上面的内容是说我们已经被其他势力盯上,这些势力明白我们前些日子大摇大摆的只是徒有其表而已,所以接下来将会有针对我们的追杀,至于能不能躲过,便要看我们的造化。

在信的末尾,有几句话墨迹尚新,我不看则已,一看差点没把我鼻子气歪。信上说,与我们搏斗之人是某势力派出毁尸灭迹的人,被我们杀死之后,可能很快派出另一批人再来,到时候便没有那么好脱身了。所以建议我们先将孙宅烧了,拖延一些时间,好给自己争取喘息的空当。信里还贴心地建议我们,孙宅的洗衣房里有几身衣服,让我们换上,否则就我们现在这一身血刺呼啦的,刚上街就得让巡捕抓走。

我看完后,非但没有感激,反而一阵阵的肝疼,不知道是刚才的旧伤,还是被这建文后人给气的:看他信上的语气,我们在和蒙面人搏斗的时候,他很有可能就在边上,还很有可能目睹了全程,然后将信补全了才送过来。

他奶奶的,你有写信的工夫,出面帮忙不行吗!

不过骂归骂,我倒是也理解,毕竟这个建文后人最重要的事情应该是隐藏自己的身份,不被人发现。我跟顾晋依计而行,先去了洗衣房,各换了一身衣服,又打了点水,把脸上沾染的血迹洗干净。

我们特地选了两身宽大的衣服,又找了面巾把脸裹起来,但怎么看怎么不像好人,最后还是把面巾摘下了。取了剩下的衣服,扔在正厅中,做引火之用。又将猛火油泼洒出去,点燃火折子,往正厅一扔,也不管火烧没烧起来,我和顾晋鬼鬼祟祟地走出孙宅,四周观察了一遍,确定没人发现后,混入人流,急匆匆离开了。

> 不对，这两天总感觉有人盯着我似的。也许是我想多了，谁没事监视一个快递员呐。

大掌柜明修栈道，说书人暗度陈仓

我和顾晋回到客栈后，匆匆地收拾了行李，准备换下一个落脚的地儿。我们搜了三孙子的宅邸，拿了那张意义不明的奖券，已然招惹了那些隐世巨擘。这与司马云岫杀死跟踪之人还不一样，司马云岫之举，甚至可以说是彰显武力，让那些门派摸不清我们的底细，不敢妄动。可此时，杀了蒙面人，却是触及到了那些门派的利益。司马云岫还是没回来，这让我和顾晋心中多少有些不安。我将此事说与顾晋听，同时也表明了我的担忧，顾晋拿起鼻烟壶又抽了两口，显得颇为焦虑，在房内来回踱步："要不我们给司马云岫留张纸条？"

我气得恨不得给这小子一个嘴巴，这是出的什么馊主意。万一司马云岫没看到，让那些追杀我们的人看到了，岂不是告知了人家我们的底细和行踪？

"如今之计，只能走一步看一步了。"我和顾晋简单地打点好行囊，从客栈的后门出去，悄悄地转向下一个客栈。所幸我们对上海还都比较熟悉，找的客栈也都是那些住客以三教九流居多的野栈，不要凭引，只要付够了银钱，便能居住。而我们手里，加上黑皮和苏璇给的一共八条小黄鱼，现在还剩下四条，不说别的，住个客栈肯定是绰绰有余。

> 指旧时的身份证。

夜深，我一个人坐在椅子上久久不能入眠。司马云岫失踪已经两天有余了，本来以为她只是一时气愤，出去散心，过不了一会就会回来。司马云岫的为人我也有些了解了，她绝不是那种不识大体的女子。但这么多天过去了，司马云岫音讯全无，让我不禁有些焦躁，我强忍着不让自己往最坏的结果想，但那些想法却如江逢隘口一般不断地冲击着我的思绪。我突然想到司马云岫的一个去处——上海庆乐班，她的老东家！我当即出了门。

…………

我从庆乐班出来，眉头紧蹙，不光没找到司马云岫，还从庆乐班处得到了另一则消息。算了，这事儿先暂且按下，眼下还是逃命要紧。

这两天怎么回事，晚上老有鸟叫，扰得我都没法静心看书了。

如果说司马云岫失踪只是小事，那我和顾晋杀了蒙面人可就是大事了。老实说，那些隐世门派之前根本没拿我们当盘菜，又或许是我们所调查的跟那些隐世门派想知道的有些重叠，他们也乐得让我们先去调查，好坐收渔翁之利。而此次杀人，却是彻底地撕破了脸皮，接下来那些隐世门派的报复手段怕是会如山呼海啸一般向我们压来。而今，鹿万龙的死我也只是隐隐的有些头绪，离着确定凶手还差着十万八千里。鹿家失踪案，我也只是隐隐地猜测——应该是招惹了那些隐世门派才被连根拔除的。以鹿老爷的势力都能被一夜覆灭，那些隐世巨擘的势力由此管中窥豹，可见一斑。又则，黑皮的死，原本是最好调查的，但是自从询问了仙客居的老板之后，这起看似最简单明了的案子，反而成为了最复杂的：黑皮为何要调查鹿家失踪案，又为何要前去南京。

"唉。"我叹了一口气，又开始规划起当下的局势来。如今之计，看来只能去投奔苏璇，毕竟当初找苏璇的时候，她就应承过，以后有什么事情尽管去找她。但如此一来，就暴露了我们最后的底牌。毕竟无论是人或者物，凭借一次还可以说是门路，如果事事都仰仗凭借，那便就是底牌。而且苏璇这张底牌，又起不到什么决定性的作用。至少明面上看，她完全没办法跟那些追杀我们的隐世门派相比。

况且，如今和当初是两种情况，当初我们只是引起了那些隐世巨擘的注意，苏璇尚且那么谨慎，而今我们就差当面锣对面鼓地跟他们宣战了，苏璇还会帮助我们吗？但除了苏璇，我还能去找谁呢？沉吟良久，我脑海中终于蹦出一个人来，但是此人不见得愿意相帮。罢了，伸头是一刀，缩头也是一刀，就这么着吧，如果真的死了，也活该我们命数不好，应了此劫。

外面天光还没大亮，估计是卯时左右，我赶紧敲开顾晋的房门。这小子倒是没心没肺，睡得香甜。见我敲门，还一脸不快的样子，我耐着性子说："你还真睡得着，跟我走，我们去找一个人。"

趁着夜色，我和顾晋从客栈悄没声地跑出去，跑了不到两百步，便听到客栈处传来一阵嘈杂声。我俩躲在一条弄堂当中,借着月色探出头来一看,有一队人竟然直闯进客栈,看他们的穿着打扮显然不是来投宿的。那么这帮人是干什么的,就算用大脚趾头想都能想明白了。

我和顾晋对视一眼,从对方的眼睛中都看到了满满的后怕以及一丝庆幸。这就是隐世门派的能力吗?我们是特地从客栈后门跑的,为确保落脚地无人可知,新选的客栈也是不要身份凭证的"野栈"。即便这样,上海这么大,他们不到一天的功夫就能寻上门来,这其中究竟蕴藏了多大的能量!我们带着压在心头的骇然,借着夜色隐匿行藏,专挑那些没人的小路走。今时不同往日,原来去繁华之所是料定了他们不敢打草惊蛇,但如今的大路,那就是取死之道。

出于对那些隐世门派的忌惮,我与顾晋连黄包车都没敢叫。当然,这卯时街面上也没有什么黄包车。我俩走得并不快,一来是我们净走小路,路途坑洼;二来是因为顾晋腿上新伤,无法快走。

"要不你先走吧,我们约定个地方,在那里见面便是。"顾晋被我搀扶了一路,见行进实在是慢,忍不住开口说道。

"胡闹!我把你一个人扔这儿,你拖着条伤腿,不是人家的活靶子吗?放心吧,既然是哥哥我把你拉进来掺和这件事的,就断然不会留下你一个人。"其实扶着顾晋,我也有点吃力,但听顾晋这么说,我血气上涌,咬着牙继续扶着顾晋前行。整件事情因我而起,顾晋本是池鱼,若我不将他拉进来,他还是个无忧无虑的信差呢。我们在街面上摸爬滚打这么多年,讲的就是个义气,此时是断然不能丢下顾晋。

顾晋还打算再说什么,被我一瞪,他的话给瞪回了肚子里面。我们就这么走走停停将近一个时辰,天色蒙蒙亮的时候,才走到目的地——朱蓉蓉的宅邸。叩响大门,在顾晋惊诧的眼神下,我向朱府的家丁简单通报了几句。

朱蓉蓉,这位鹿家的大掌柜,早早已经起床,见我们到来,也是有几分讶异。我拱了拱手,对朱蓉蓉道明了原委:"如今我们被人追杀,这些人很有可能便是当年让鹿老爷全家失踪的罪魁祸首。我们也是一路调查才遭此大难,实在走投无路,还望朱老板收留。我跟我这位兄弟的性命,全凭朱老板做主。"

……………

我与朱蓉蓉说完话,不到十五分钟,朱家的大门再次被叩响。一队凶神恶煞的人冲了进来,看他们的衣着打扮,像是某个富绅的家丁。这些人有的持棒,有的持刀,更有些人腰间鼓鼓囊囊的,怕是带着枪来的!

（旁注：这些人很可能是后人自导自演的事情,目的就是为了栽赃嫁祸镜门。）

为首之人越众而出,冲着朱蓉蓉一拱手:"朱老板,我们此来是为两个泼皮,有人说看见他们进了朱府就没再出来。还望朱老板将人交出,我们也好回去复命。"

朱蓉蓉稳坐中军,一股雍容华贵的气质不显自露:"各位,我朱家可不是什么贼窝。各位爷想必是来错地方了,送客!"

听闻朱蓉蓉此话,许多人已然掏出了手枪,朱蓉蓉的家丁仆人也都拿着棍棒站了出来,挡在朱蓉蓉的面前,看来朱蓉蓉在府中威望甚高。此时两方人马对峙,剑拔弩张,冲突一触即发。

"如是各位爷不信,自可入我府中搜寻。"朱蓉蓉见如此阵仗,气势不由得一窒,说出了服软的话来。那领头的也不客气,拱手道了一声"得罪了",便差人在朱府中搜寻起来。

"怎么那么没有眼力见儿,快给几位爷倒杯水喝。"朱蓉蓉将领头人引至内堂坐下,唤一名家仆倒水。这家仆面色凶恶,一把的胡子将面貌遮掩得严严实实。这就是在朱蓉蓉帮助下化过妆的我了。我给领头人奉上茶水,趁机瞥了他一眼,见他腰间挂着一面铜牌,与蒙面人的别无二致,上面也是刻着一个八角古镜。

一番搜寻无果后,领头人下令撤退。他们走后,我将家仆的衣服脱下,与在一旁的顾晋对着朱蓉蓉深施一礼:"朱老板大恩大德,在下没齿难忘。"

我今天得找赵孙子彦，让他也看看我这本书。我觉得这本书已经不完全是个话本了，保不齐孙子彦的家里人认识这个作者呢。

去报案万般无奈，巡捕房同流合污

在朱蓉蓉家调整了两三天，我和顾晋思来想去，还是决定拜别朱蓉蓉，踏上新一轮的逃命征程。期间朱蓉蓉邀请我们在朱府住下，等风波平息后再作打算，被我婉言谢绝。如今我们正被追杀，在朱府住着，虽然安全得到了暂时的保障，但是案件调查就彻底陷入了停滞。朱蓉蓉能护我们一时，还能护我们一世不成？

"朱老板，您的大恩大德我们记下了。只是我受人之托，还要继续调查案件。朱老板肯收留我们几日，已经是对我们有天大的恩情了，我们怎敢再继续叨扰。"不顾朱蓉蓉的挽留，我与顾晋最终还是离开了。

躲避在朱府的这些时日，顾晋曾问我，为何来朱府避祸，又为何这么笃定朱蓉蓉能收留我们。其实事情很简单，凤聚楼一事，朱蓉蓉挂牌出租，为的就是找到跟当年事件有关联之人。原本我以为，她是将当年事情的知情者或者调查者诓骗过来施加毒手，但我上次将她错判为杀死鹿万龙的凶手时，她的好奇多于惊怒。尤其最后她还主动透露证据，让我看了账册。我也认识几个账房，这种账册断无伪造可能。那么她出租店铺的目的就只剩下想了解当年真相这一种解释了。无论她是对旧主忠情，还是另有打算，对于我们这种去寻找当年真相的人是绝对不会加害的。

但此次追杀我们的贼人势力太大，我也不知道朱蓉蓉会不会甘冒奇险将我们保下来，故而说成功几率只在五五之数。不知是黑皮上天保佑，还是朱蓉蓉确然对旧主忠心耿耿，竟然如此爽快地将我们保了下来。并且，在朱府时，我托朱蓉蓉利用自己的关系，在茶馆酒肆隐晦地散播我跟顾晋已经逃往杭州的传闻。

之所以选在今天告辞，一是因为顾晋的腿伤已经好转，不再影响行走；二是因为今天街面上的巡捕很多，巡街的频率比以往高出不少。这是我从报纸上得到的消息，今天督察大人要亲临巡捕房做指导工作。一般督察都是在市政厅待着,好不容易下来视察一次,这帮巡捕们还不好好地卖卖力气,在领导面前好好表现表现。

　　我与顾晋辞别了朱蓉蓉。出了朱府后,按照已定下的计策,我继续去追查这些案件,顾晋则去调查司马云岫失踪的事情。在朱府的时候,我托朱蓉蓉帮忙留神过司马云岫的去向,可惜两三天过去了,始终没有得到消息。当然没有消息有时候就是好消息,至少没有明确的死讯传来。让顾晋去寻找司马云岫,我有两个心思,第一,就着打探司马云岫的下落,顺便离开我的身边,毕竟那帮人主要针对的还是我;第二,万一顾晋早就忍受不了这种日子,只是碍于情面不好明说,那么我让他离开,南下北上避祸便都可以了。出于这种考虑,在临别之际,我特地交给了他两条小黄鱼,这样无论到哪儿,应该都饿不死。

　　与顾晋分别后,我压低了帽檐儿,走了两个路口才叫了一辆黄包车,准备再去苏嬛处拜访,好将我这几天收集到的线索与她分享分享,看看能否理出一个头绪。不想上了车后,发觉这辆黄包车走的路线不同。起初我以为车夫是个绕远儿多挣钱的主儿,我在上海这么多年,能让他给蒙了?我当即跟他说这路不对,并且告诉他,这段路合该多少铜板,多了是一个子没有。

　　那拉车的似是料定我不敢从车上下来,阴恻恻地开口:"侬就坐着吧,到了地方你就知道了,我们差点儿就信了你们散播的谣言,要不是老大说这事儿不可能,嘿嘿,还真让侬个小赤佬蒙混过去了。"

　　听他的语气,我当下明白了他是什么人,正是追杀我的这拨凶贼。只是没想到,竟然能潜伏得如此之深,连黄包车夫都能扮得这么像。要知道,黄包车夫粗壮的胳膊和脸上的晒痕是很难模仿的,尤其是脸黑脖不黑。黄包车夫在夏天拉车的时候,往往会在脖子上搭一条毛巾用来擦汗,于是这块皮肤与其他风吹日晒的地方会有明显色差。这个车夫,我竟没看出丝毫破绽。

　　从他的话里我也瞬间意识到了我哪里出了问题——谣言散播得太多!按理说,我现在不再是通缉犯,不会有多少人关心一个说书的。谣言说我和顾晋

跟孙子彦看到这里，他还得回去问问他家长辈。

跑到了杭州，但是我一个臭说书的怎么会传得满城风雨，人尽皆知？这次还真是大意了！我咬咬牙，却也不甘心就这样任人鱼肉。我猛地大喝一声，在黄包车上站起，铆足劲儿往他身上一扑，顿时人倒车翻，我被车盖子砸下，脑后湿乎乎的，八成是破了口子流血了。但此时我顾不得那么多，从地上爬起来，就一阵没了命地跑。开玩笑，这要跑得慢一步，我还焉有命在？

拐过了那个街角，我眼前一亮，前方不是别的地方，正是巡捕房。我虽然对巡捕房素来感官不佳，曾经又上过他们的通缉名单，但此时去巡捕房报案成了唯一死中求活的办法，想来他们胆子再大，也不敢闯进巡捕房抓人杀人吧？隐世巨擘，重点就在一个"隐"字，他们肯定不会这么轻易暴露在民众面前的。我咬着牙，速度又提了几分，跌跌撞撞、连滚带爬地闯入了巡捕房内："官爷！官爷！我报案！"

车夫不可能是镜门人，镜门并不善于伪装，并且向来不与贫民交集。

见我一身血污连滚带爬地冲入巡捕房，张口就是这么一句，巡捕们有些懵。还是一位有经验的老巡捕把我扶住，一般决计是不可能有这个待遇的。我冲进门的时候，看见巡捕房里多了一幅生面孔，穿着那叫一个威风，甫问，这肯定是督察啊。为了展现督察的亲民，是断然不可能让我在地上趴着的。

果然，我刚被扶坐在椅子上，督察便走过来亲切地询问究竟发生了什么事。周围巡捕看向我的目光无不带着三分仇恨。想想也该如此，昨儿的报纸上写了"巡捕房恪尽职守，居民们安居乐业"。这刚发出去一天，就有人一身血地上门报案，这不是啪啪打他们脸呢吗？但此刻我无法顾及他们的想法，自己性命危在旦夕，我还哪儿有功夫想那么多。

"老乡，究竟遇到什么事情了？"

一声询问把我从胡思乱想中拉回来，问我的不是别人，正是督察。刚才他问过，见我没有应答，便又问了一遍。我把被人追杀的事情说了出来，当然，隐匿了大部分内容，像什么盘门、镜门，什么调查案件这些事情是不能提的，我只是说招惹了一些泼皮无赖，前来追杀我。回答完后，我才打量起这位督察的样子。督察姓陈，名讳子理，看起来四十多岁，身材高大，站在那里有

> 孙子彦怎么还没回来，说好回来继续看的，我等了好几天了。

一种不怒自威的感觉，显然是常年身居高位培养出来的气质。

不过坊间对这个陈督察可没什么好评价，都说这个陈督察尸位素餐，庸碌无为。但是这种评价在老百姓中已经算好的了，至少没传出什么督察欺压良善，杀害良民之类的传闻。不过突然他漫不经心地问了一句话，让我浑身汗毛都立起来了。

"此人是不是跟东方骏认识？"

东方骏就是黑皮。他这么一问，我差点没一屁股坐在地上，看他眼中似有精光，我不禁暗自腹诽：是哪个没眼光的说督察庸碌，爬到这个位置上的会有庸碌的人吗？督察发话，众巡捕七嘴八舌地把关于我的事情说了个一干二净，就差把我祖宗八辈的事儿都说出来了。谁不想在长官面前表现好点儿呢？

听到肯定之后，督察一脸歉意："东方骏是个好巡捕，只是……唉，你也受苦了，是我们没调查好情况，贸然地缉捕了你。毕竟你是第一个在现场的嘛。当然，不要因为这一点小事，就不信任政府，如果有什么要说的，可以说嘛，我来做主！"

督察的话中带有一股亲和力，但我也不敢全盘托出，只是含糊地说黑皮死得很蹊跷，而且黑皮死之前曾经去过南京，我怀疑他是在那里遭了毒手。

听我说完，督察满意地点了点头："很好。想必你也受累了，早点回去休息吧，至于追杀你的歹人……这样，我派两个巡捕跟着你，保护你的安全。小赵，小岑，你俩跟着这位先生，务必好好把他护送回去。老乡，关于东方骏的事情，我们高度重视，将来可能会请你协助调查哦。"

> 陈子理早有野心，他也得到了应得的下场。螳臂当车，必死无疑。

我一边满脸笑容地点头应付，一边哈腰告退。护送我的两个巡捕岁数都不大，一左一右地随我上街，如果脸色不是那么阴沉的话，我倒真像个上街遛鸟的纨绔子弟。一路上，我对两个巡捕客客气气，没别的，毕竟人家是官，我是民。

在交谈中得知，岑姓巡捕是黑皮带的徒弟，赵姓巡捕是李安的远房表侄。期间岑姓巡捕对我跟黑皮见面说了什么、聊了什么非常感兴趣，一直黑着脸询问我;倒是赵姓巡捕,一直缄默不语,摸不清在想什么。快到家中,迎面走来四个巡捕,想来互相熟识,岑姓巡捕蓄起一丝笑意,刚准备打招呼,但是变故便在此时发生!

卷三遍 = 0043

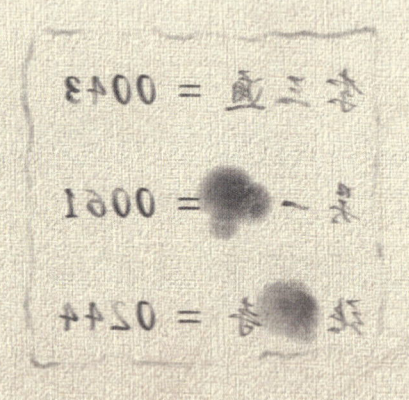

卷一 = 0061

拾叁 = 0244

看样子，这里应该夹过一张纸条，后来纸条不见了，只留下一些墨迹。

孙子彦失踪了！他家也凌乱得不成样子！

知善恶李安过往，难回天决意逃亡

只见那几个巡捕连招呼都不打，从怀中掏出手枪便射。岑姓巡捕上前打招呼的时候我便觉得不对劲，身子往后侧了侧，我的左侧是赵姓巡捕，而赵姓巡捕的左侧则是一条弄堂。这片是我家附近，我自是熟悉得不得了，哪条弄堂相通，哪条弄堂又是死路，闭着眼都能认得出来。但是我本以为最多也就是将我再抓回巡捕房，却没想到他们竟然突然开枪射击。

我在他们掏枪的时候，猛地一撞赵姓巡捕，将其撞入巷口，而我则扑在了他的身上，还未等其开口怒喝，枪声已响起。短促的枪声响起后，隔着巷口，能看到岑姓巡捕倒地的上半身，他的胸口中了两枪，嘴中大口吐着鲜血，眼见是活不成了。至死他的眼神中还带着迷茫，可能是不知道为什么平时同在一个班房的同僚会痛下杀手。岑姓巡捕一死，我与赵姓巡捕相顾愕然。赵姓巡捕那句没骂出来的话自然也是憋了回去。现在我跟赵姓巡捕是一根绳上的蚂蚱，不消说，我俩谁都明白，那四个巡捕要的根本就不是我一个人的命，而是我们三个的。

所幸巷口狭窄，又有岑姓巡捕的尸身挡在那里，对方片刻时间应该过不来。赵姓巡捕贴墙而站，示意我也贴着墙根站立，他猛地掏出手枪，弯过胳膊对外面胡乱射了几枪，听见有人呼痛声响起，也不敢查验究竟打伤了几个人，急忙与我离开。

尸身是否能挡住巷口？我看不能吧。

此时我对赵姓巡捕也不能藏私，于是将这周围哪儿能走，哪儿是死路统统简短地告知了。这也是个果决的人，当即决定我来带路，他则背冲向我，观察追兵的动向，时不时地开上两枪。我带的都是难走的路，遇到有人家的地方，走过去后，少不了将民户摆在门口的架子、板子之类乱七八糟的扔在地上，以此来阻挡追兵。

就这么拐了三四个巷子，眼见着过了下一个巷子之后就是大街。现在正是下午，街上人不能算多，但也有那么几十号人，量这些巡捕没这个胆子当街杀人吧。

"官爷,拐过去之后,咱就得救了。"我转头跟赵姓巡捕说,但是却看他贴在墙上,呼哧呼哧地喘着粗气,再一细看,不知道什么时候,他的腹部受了枪伤,鲜血汩汩直流。此时我也顾不得什么了,一手搀着赵姓巡捕,一手接过他手中的枪,转身朝向身后,边走边砰砰砰地开了好几枪,也不管打没打中人。拐过了那道巷子,拿余光向后一瞟,四个巡捕已经有三个追了上来。按照现在的状况,他们用不了三五分钟就能追上来。

我见街上几十号人,还有几个是我认识的闲汉,突然福至心灵,从怀里掏出一把大洋,怎么着也得有八九块,气运丹田,扯开嗓门大吼一声:"大爷我赏给你们的!"随后,将手里的大洋往空中一抛,扶着赵姓巡捕赶紧离开此地。我那一嗓子果然吸引了几个闲汉的注意,见我把白花花的大洋扔到地上,当即怪叫一声"抢银子啊",便恶狗抢食一般地扑了过来。这几个闲汉的举动,吸引了更多人的目光。见地上洒着白花花的大洋,岂有不捡之理?我这一嗓子起码带动了二十来人一窝蜂似的乱哄哄堵在巷口。那巷口不大,两人通行本就有些勉强,现在被二十多个人一堵,围得更是水泄不通。我趁此机会扯下袖口的一块布,帮赵姓巡捕把伤口缠紧,否则一路走,一路流血,瞎子才找不到我们去了哪儿!之后,我带着赵姓巡捕扭头扎进了另一道巷子,绕了一个圈,回到了追我们的巡捕的屁股后头。这条路我们刚刚跑完一遍,迎着赵姓巡捕不解的目光,我锁定了一户人家。这户大门紧闭,门环上积了一层灰,看来是很久没人住过了,我咬牙拿肩膀头子一顶,门便应声而开。

我把赵姓巡捕拖进屋中,小心翼翼地再将门锁上。万幸刚才被我撞坏的只是插销,门还是完好无损的。找来两根铁丝挽成扣子,将门拴在一起。只要不大力撞门,这门是坏不了的。做完这些事情,我又抄起一块砚台,将厨房的一面窗户打破,在赵姓巡捕不解的注视下,又撕下一块布条,给他包扎,之前沾血的布条也顺着窗户扔了出去。

然后,我径直奔向一口木箱子。这口木箱看上去也就两三尺长,半尺来宽，一尺来高。平素这种箱子只能装些衣服，但是这口箱子底部早就被人挖空了——下面另有乾坤。我先将赵姓巡捕顺着箱子口架进去，随后我也顺着箱子进去，顺手将箱子扣上。这箱子做的很是巧妙，外面有一个锁眼，却是假的，真正的锁在箱子内部，是个拧锁卡头。

　　我从身上掏出火折子点亮：这地下空间倒是不大，摆了一张单人床和一个长宽一尺的小床头桌，除此之外别无他物，人在里面站立都有些费劲。将赵姓巡捕搀上床，见床头桌上有根蜡烛，便将火折子熄灭，把蜡烛点上。火折子烟呛，在这个一点儿风儿都不透的地下室，点不了多久我俩估计都能给熏死。这也是为什么当初被通缉的时候，我宁肯托人在外面找地方，都不躲进来的原因。这地下室狭小逼仄，又不通风，临时躲上一天半天的还可以，根本无法长时间待着。

　　说到这个屋子，那可是大大的有来历。这屋子的前主人是前朝举人，姓郑，据说曾经出国喝过洋墨水，后来人老了，便搬到这里住。老头子平生最爱听评书，一来二去与我就熟了。交往中，我发现老爷子还有第二个爱好——挖地窖。

　　郑老头平常天不怕地不怕，就怕天上飞的飞机。他总觉得有朝一日飞机甩下来的炮弹会把他给炸死，于是就在自己家中挖了这么个地下室，作藏身之用。老头曾带我参观过，当时我嘲笑老头是杞人忧天。老头去年五月没的，这辈子都没用上，发送的时候我还去了呢。老头无儿无女，就剩下这么一间小破屋子，没人打这儿的主意，就荒废到现在。在被追杀的时候，我便想到了这里，这可是藏身的绝妙之地，即便追兵进来搜查，也绝想不到这个箱子之内竟然别有洞天。

　　等安置好一切，我蜷缩在角落，半站不蹲的，整个人看起来有点委屈巴巴——没办法，谁叫这地方就这么大呢。我看着赵姓巡捕，希望他能给我一个解释："官爷，这是怎么档子事儿啊？"

　　赵姓巡捕微微摇了摇头。他已面色苍白，浑身虚汗，想来是失血过多。我正想再问，赵姓巡捕突然开口："巡捕房里有奸细，就是奔着咱们来的。"

其实不用他说我也知道。我竖起耳朵主要听了后面的："我叔父李安不是什么好人，连我这个巡捕都是孝敬了他十块大洋换来的。但是他在死前的一个月却特别反常，跟鹿家一个小女孩走得特别近。当时那小女孩也就七八岁，先天是个瞎子。因为这个，她便是鹿家失踪案中唯一的活口。叔父对她好得就像是亲生姑娘一样，我从未见过叔父对谁这么好过。"

这我知道，之前白蛾也说过，李安死之前曾与一个小女孩来往密切，但没想到的是，小女孩竟然与鹿家有关系。

"后来叔父便死了，就在叔父死的当天下午，鹿家小女孩也失踪了。我跟黑爷还有岑哥觉得这事情不简单，便一直暗中调查……后来，黑爷托付了你，再后来，黑爷也死了，我跟岑哥便一直注意……"

我正要听他继续往下说，却发现他没了动静，再一探查，这位赵姓巡捕双眼圆睁，已然气绝。我默默将他的双眼阖上，靠在尸体边，沉默良久。不知过了多久，我有些昏沉的时候，屋内突然传来一阵嘈杂声，想来是追兵到了。他们翻箱倒柜地折腾了一阵，没找见人便走了。期间，他们发现了破裂的窗户及窗外的血布，果然顺着另一条路追了出去。

我盘算着时间，约莫又过了一个多时辰，地下室的氧气已然有些不足，在确定他们不会杀个回马枪后，我谨慎地开箱出门。见外面天色大黑，我看着月亮默默估算时间，应该已经是亥时左右。趁着夜色，我一路潜藏行迹，向东北方向赶路。

上海已然是待不下去了，不光有那些凶神恶煞的隐世门派的抓捕，就连巡捕房也这么明目张胆地当街杀人。可见，不杀死我，他们是绝不会善罢甘休的。我初步的计划是顺着黄浦江到入海口，乘一条货船北上，等去了北方，再想办法出国，朝鲜或是日本都行。反正我身上还有两条小黄鱼，能扛过我出国的费用。至于对不住黑皮，对不住司马云岫，对不住顾晋，那只能说一声抱歉了，毕竟眼下的局面已经是必死之局，我无力回天。

我报警了，但是没有证据警方不立案。

上船来再见戏子，惊然见万龙还阳

黄浦江上，多少还有几艘渔船，给了船家一些钱后上了一艘船。我当然没傻到让一艘渔船送我北上。只是走水路快些，能早点到达入海口，去找那些人牙子的船。至于渡轮，都是需要正经身份凭证的，我要把我的身份报上去，恐怕来不及登船我就被扔进黄浦江里喂鱼了。

贩子

上了船，我再也抑制不住困意，将近一天一夜没合眼，很快就昏昏沉沉地睡着了。再醒来时，船家告诉我已经到入海口，看我睡得香甜，便没叫我。我看向日头，天光大亮，黄浦江岸边的人也多了起来。我又给船家加了些钱，请他在黄浦江中多停留些时辰，等天黑再送我上岸。毕竟有了夜色的掩护，相对不容易被发现。

船家是位厚道人，他本就架船捕鱼，在江上也不见得是毫无收获，而且我给他的大洋足足有两块，按平常的吃喝开销水平，能抵个小半年，他自然同意了。我身上当然不止这么多钱，但我知道财不露白的道理，如果给多了，船家生了歹意，那可真是没处说理去。船家在江上有一搭没一搭地撒网，天色尚早，我便在船舱小憩，养养精神。

等船家叫我时，我再睁眼，黄浦江已经擦黑。船家告诉我现在已是酉时，虽然天还没全黑，但是怕误了我的事情，便将我叫了起来。下船后，天色已完全黑了，各地的灯火渐亮。虽然这里地处偏僻，但临近入海口，码头也还算是热闹。当然，跟城中完全没法比。

以前在街面上讨生活，人牙子我也认识几个，找起来并不困难。一问价钱，一条小黄鱼也只能买两个座位。好家伙，这是暴利啊，果然还是走私赚钱。但再贵，这钱也得给。人牙子将我领到码头附近，给我指了指船，我确定后便可交钱登船。我见那船残破不堪，并且已经装满了一箱箱货物，根本没地方坐人，跟远处停着的那艘豪华轮船简直没得比。再打听才知道，我们这帮人要么装在箱子里，要么就闷在船舱底层运过去，这不是花钱买罪受吗！

[旁批：不可能！鹿万龙早就被后人杀死，扔到黄浦江了。这并不是鹿万龙，很有可能是该作者捏造了一个"鹿万龙"，因为"鹿万龙"知道的，一定比一个说书的多。]

但此刻我没得选择。正准备交钱，却看不远处停下了一辆黑色轿车，从车上下来一个人，隐约觉得有些眼熟，再细细一打量……我差点当场喊出来。我看见的这个人不是旁人，正是鹿万龙！

他不是死了吗？确定已经死了啊！尸体还在巡捕房呢！，他怎么会出现在这里，我开始也怀疑自己认错了，但是鹿万龙的大鼻子实在是太有特点了。一时间，我的大脑竟有些迟滞，完全被眼前所见到的震撼了。

与此同时，之前调查的种种细节都涌入我的大脑，好似在一片迷雾中划过了一道流星，照亮原本灰暗的地方。我立马收钱，只见鹿万龙奔着码头方向而去，然后坐上了一艘人力小船。我猜鹿万龙不可能有兴致泛舟观景，那么他此行的目标就非常清晰了——那艘远处的豪华轮船！此处不是什么大港，那轮船停靠想来多有不便，前去之人要先乘小舟再登船。之前我之所以要逃命，是因为所有案子都毫无头绪，根本无法破案，又加之被人追杀，心力憔悴之下便作出了远遁他乡的决定。但此时鹿万龙就在我面前，距离破案只有一步之遥。现在我已经肯定，停尸间的鹿万龙绝不是真的鹿万龙，是鹿万龙设的假死之局！

我验尸时所看到的一切此时又重新浮现在眼前。那具鹿万龙的尸体，为什么手脚粗糙，为什么腰间的肉被挖去，更重要的是，为什么脸上有疤？除此之外，在朱蓉蓉处所得到的账册上记录的毒药、缝合线皆是鹿万龙所买。我原怀疑是鹿万龙自杀，现在看，他分明就是找了个替死鬼，将之整容成自己的模样。那脸上的疤痕就是凭证。

在短暂的恍惚后，我迅速地完成了对鹿万龙之死的推理过程。死的假鹿万龙，就是被真鹿万龙所杀，目的是让别人以为自己死了。但鹿万龙为何要假死，若说一个人无缘无故假死着玩儿，这是打死我都不信。所以在这背后鹿万龙定有图谋，感觉若查清了鹿万龙的图谋，我心中的疑问便能彻底解答。

我尾随鹿万龙走到江边，忽见送我的小船还在，索性一事不烦二主，招手唤船家,又给了他一块大洋,让他死死跟着鹿万龙乘坐的小舟,但又不能被发现。果不其然,鹿万龙所乘坐的小舟直奔那艘豪华轮船而去。

鹿万龙,冲着轮船不知喊了什么,船梯便滚落下来。他顺着船梯往上爬。此时,我内心天人交战:怎么办?鹿万龙上了轮船,再想见他无异于大海捞针,究竟如何是好?

怔怔了几秒钟,我把心一横——老子今天豁出去了。今天不把事情搞明白,只能颠沛流离,远遁他乡,过着惶惶如丧家之犬的日子,生不如死,反正烂命一条,今儿就豁去了吧!

这么想着,我一个猛子扎进黄浦江。冬日的江水真是冻死个人,一个激灵,我呛了一口水。回头一看,船家已经走远,罢了,有进无退,是死是活就看这一把了。好在我水性不错,游到了船梯处。扒着船梯,想着如何往上爬,如果我贸然爬上去,肯定会被鹿万龙发现。好在鹿万龙养尊处优,何时爬过这种软梯,刚爬几步便不堪重负,向船上喊着把他拉上去。我拽着船梯的下手位,搭了一回顺风车。

船梯升上后,有人搀着鹿万龙上船,接下来收船梯的人若察觉重量不对,免不了要探查一番。我眼疾手快地从船梯上下来,死死地扒着船帮上的铆钉,此时稍有不慎,就是坠江喂鱼的下场。我这么干全凭一腔热血,刚扒了两三分钟,我感觉痛不堪忍,手上已没了力气。眼见就要坠江,谁知收绳梯的那些人不知道得了什么信儿,草草地将船梯固定住便离开了。

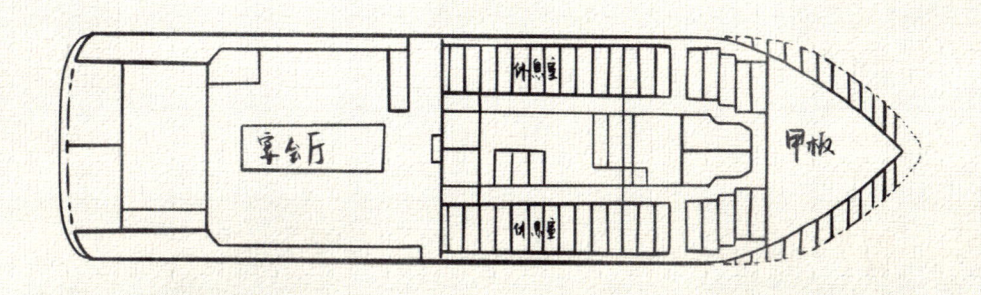

（旁注：的爬次船知道根本去）

> 我手机收到了一条短信，他们让我把这本书拿出来。靠，孙子彦的失踪也跟这本书有关系，很可能他已经发现了什么！我想去警察局，但是半途遇到了车祸，现在手机也摔坏了，我躲在一个场子里。

我见船梯还垂下来一截，将满天神佛感谢了一个遍，其中黑皮、孙三儿也都感谢完毕，才小心翼翼地抓住船梯慢慢地往上爬。爬上甲板后，发现一个人也没有。与此同时，轮船一声轰鸣，便要起航了。我跟个没头苍蝇似的在甲板乱转，生怕被人发现丢下船去。看起来像主宴厅，或者灯火辉煌的地方我都不敢去，专捡那些个黑灯瞎火的角落钻。别说，还真让我找到了一个小小的舱门，看样子应该是紧急通道一类的地方。

这豪华轮船果然奢华，地上清一色铺着地毯，墙上还挂着装饰画。这得多大的手笔，才能把这么一艘轮船布置得如此美轮美奂。进舱后，我一路下行。那些重要人物肯定都在船上主厅，往下走可以尽量避免碰到他们。反正鹿万龙已在船上，不用担心跟丢。一路上，碰见了几个人，我是能躲就躲，实在躲不过去的，我装作一副迷路戏子的样子，唯唯诺诺地向他们询问位置。这年头，只要你表现得没什么问题，别人就没什么查看你证件的想法。

避开几个人后，我渐渐想好对策——先找个地方藏起来，等轮船靠岸，大家下船时，我再偷偷地跟上鹿万龙，寻机会与他接触，问清我心中的疑惑。继续往下走了两层，来到一个显然是用来放置杂物的地方。这地方布置较为简陋，都是铁架子，有寥寥几扇铁门。我忽然听见左手边一扇门里发出声响，起初以为是耗子，没太在意，但是这声音一直不绝，隐约还传来呜咽之声，我怕把人引下来，决定壮着胆子看看里面究竟有什么东西。拉开铁门，里面绑着一个女子，披头散发，容貌憔悴，身上还有着细密的血痕。

细辨认这个女子，我脸色大变，有七分惊喜，三分难以置信。因为这个被绑在轮船底层杂物室的不是别人，正是我们苦苦寻觅几天而不得的 <u>司马云岫</u>！

（司马岫怎么可能这里？）

道原委剖明心迹，拍卖会风云再起

意外地在这里找到司马云岫，我是惊喜交加，真是"踏破铁鞋无觅处，得来全不费工夫"。她显然是没少受苦。我急忙上前解开她身上的缚身绳索，拽下她口中的布条之后，司马云岫的第一句话便令我大惊失色："巡捕房督察有问题！"

这几天我和顾晋被追杀，分向跑路之后才去的巡捕房报案，才见到巡捕房的督察。司马云岫怎么会知道巡捕房的督察有问题？而我此时最为关心的是，那天我和顾晋出门后，司马云岫究竟遭受了什么事情以及她怎么会在船上？

面对我的疑问，司马云岫并未当即作答，而是引着我七拐八拐，来到一间比较陈破的舱室。这间舱室周围没什么东西，就好像一片平原中间突然出现的大树一样突兀。司马云岫带我走进舱室后，我才发现这竟是一间秘密的囚室，地上有枷锁、铁链、皮鞭等，都多少凝固着血迹。看得我有些心惊肉跳的，谁能想到豪华轮船的内部，竟然有一间如此可怕的囚室。

这个区域相当荒芜，可能是因为囚室内并没有人员关押，所以连个巡逻的人都没有。司马云岫将门关上。此时我发现，在囚室内竟然还有一部电报机，我颇有兴趣地扫了两眼后，只听司马云岫开始讲述她的经历。

那天她生顾晋的气，其实过了一会气就消了。她只是气不过被那些巡捕的咸猪手骚扰，又不能将怒气发泄在那些巡捕身上，所以倒霉的顾晋就成了出气筒。我和顾晋出门后，她原本想出门找我们，就算找不到我们，也想顺着其他的线索去探查一二。但是她刚一出门，便被一群巡捕包围了。

起初那些巡捕打着让她协助调查的名义，客客气气地将她请到巡捕房，对她颇有礼貌。但是第二天开始，巡捕的态度完全变了。我算算时间，应该正好是我和顾晋去三孙子家再探情况的时候，也就是我们把蒙面人杀死之后，取得三孙子奖券的时候。说到奖券，我将其放在一张油纸包中，塞在了鞋垫底下，否则它已碎成纸末了。

（旁注）陈子理的确死在了船上，起因自然是因为他背叛了镜门。这一切的阴谋始于一个女人，这个女人受过太多的苦，她是他们家唯一的幸存者，所以她大施报复。她和镜门坑害了后人，和后人又坑害了镜门，因为正是这两个门派，害得她家破人亡。

听完司马云岫讲述，我的内心一惊。我们杀的蒙面人应该是属于盘门或者镜门，看他所佩戴腰牌上画着一面八角古镜，姑且认为他是镜门中人好了。听顾晋所讲的盘门、镜门辛秘，这两个门派似乎素有罅隙，肯定是不会共享消息的。就算消息互通，也不会这么快，我们刚杀完人，那边就开始针对司马云岫了。那么只有一种解释，巡捕房中肯定有镜门的人。

我将我们这几天的行动路线向司马云岫全盘托出，她对我的推论表示赞同："后来，那些人便开始审问我……"

"究竟审问你什么了？"

"无外乎是我们的路线和调查结果。不过我没告诉他们。"司马云岫这话说得有些躲闪，我本能地觉得有诈，但是看司马云岫浑身上下多处受伤，她经受不住拷问也是理所当然。我把到了嘴边的疑问又咽了回去。人都有秘密，司马云岫与我结伴这些天来，也不曾害过我，有些事情她不想说我便不问了吧。

"那你是怎么又被押到这艘船上的呢？"

"督察。他派人把我押带到船上。说来奇怪，他们只是把我关在囚室，就是这里，也没再进行审问。直到两个时辰前，轮船开动后，他们把我迁至那间杂物间，只确定了我无法逃脱，便不再管我了。后来，你就来救我了。"

听完司马云岫的这些话，我内心好像有些明悟：镜门隐藏在巡捕房中的人有八成可能就是陈督察。只有他才有那么大的权力，将司马云岫抓捕并转移。况且，从时间上推算，我去巡捕房报案时，司马云岫也在巡捕房，而督察也在。

想到这里，我寒毛直竖。如果督察是镜门中人，那一切便都能顺理成章地解释通了。在这之前我并不怀疑督察，毕竟我去报案后，他还派了两个巡捕将我护送回去，若是他要杀我，直接找个由头把我关进巡捕房就是了。现在看来，他的谋划虽然不巧妙，但着实狠毒。他的目标从来都不只是我一个人。他要将我和岑、赵二位巡捕，还有与此事有关的所有人，全部杀死。我都

[左侧旁注：又在栽赃镜门，究竟有何居心？况且，镜门的辨识之法绝非这么简单。]

[左侧旁注：陈子理凭什么不杀司马云岫，即便她是盘门中人也不行，除非是一个更加神秘的身份。]

能想到他的报告怎么写:凶徒暴起伤人,杀害两名巡捕后,被当街击毙。但现在在他们看来,赵姓巡捕与我都失踪了,所以必定会打乱他的一部分计划。

等等,司马云岫说将她关进船上的囚室后,便不再理会……

"云岫,你刚刚说他们将你关押起来后,便不再管你了?你被押上船的时候,看这艘轮船上有没有救生艇一类的小船?"在得到否定回答后,我意识到事情的严重性:督察的目标,可能是这一船的人!

我把想法跟司马云岫一说,见她也是冷汗涟涟。我们俩分头行动,找来木梁、粗绳、气囊一类物品,简单地做成木筏的雏形,然后放到隐蔽的地方,以防不测。我准备前去主会场,倒要看看督察要行什么诡计。

刚要准备行动,被司马云岫一把拉住,说她对那张奖券十分感兴趣。说来惭愧,我和顾晋都不怎么懂奖券,在朱府研究过一阵,终究是没看明白什么问题,只是将它藏了起来。我把奖券从鞋子里掏出来,万幸,没有太大的损坏。司马云岫见我是从脚垫下把东西拿出来的,看向我的目光有几分嫌弃,一只手捂着鼻子,一只手将油纸包拿去拆封,奖券便露了出来。端详了半天,司马云岫问道:"三孙子是哪天中的奖?"

("一九三九年的三月廿三号,这日子还是卖奖券老张头跟我说的,这是他这辈子兑出去的唯一一张大额奖券。上海救济奖的开奖日期是周一、三、五、七,一九三九年三月廿三号,应该是星期四,所以这张奖券是无效的!只有一种可能,三孙子被人收买了。")

<u>这只是推论,与事实差别很大。但奖券确实都是内定好的。</u>

"收买这件事情我也推出来了,你还有什么别的发现吗?"司马云岫摇了摇头,我便将奖券收回,仔细地用油纸包好,再次藏入鞋底,丝毫不在乎司马云岫鄙视的眼神,毕竟安全第一嘛。

等我们准备停妥,便在舱室里转悠。就我们俩现在这身,如果前去宴会厅,那不让人打出去才怪。一个衣衫褴褛,满身伤痕;一个浑身湿透,形态萎靡,一看就不是什么正经人。好在天无绝人之路,我们逛到倒数第二层舱室的时候,竟然找到了戏班子的服装间。一般来说,这种宴会,是必然会请个戏班子唱唱曲子开开场的。

戏班子的服装间里不全是戏服,还有些别的衣服。我和司马云岫各换了一身,看上去不说是大富大贵,也是有模有样了。司马云岫的一双巧手,只用了几种粉,便将自己脸上的伤痕遮住,还顺便给我补了补妆。从镜子里一看,我们活脱脱一个老爷一个太太。

换了衣服,腰杆儿也挺直了许多,司马云岫挽着我往楼上走,但凡遇到来人,也是装作参观的样子,正眼都不看他们一下。

"先生,太太,拍卖会要开始了。您二位如果感兴趣的话,可以去主厅看看。"

"拍卖会?"我心下有些疑惑,不过并没有表现在脸上,只是老气横秋地问这个服务生:"先不说什么拍卖会,陈督察——你见没见过?我有生意要和他谈。"

"回先生,陈督察不在船上。"

"这儿不是陈督察的产业吗?陈督察怎么会不在呢?你是不是骗我?"我威严地瞪了他一眼。

"不是,这是苏璇苏老板的产业。"

服务生的眼神中已经有了怀疑,我正不知道如何是好的时候,司马云岫恰到好处地接了句嘴。"哎呀,我跟你说过,妇女联合会的苏主席嘛!你呀你呀,陈督察手下的巡捕送请柬过来,你就以为是陈督察的产业了?你说,这两天你老是心不在焉的,是不是又看上哪个小狐狸精了?"

听完这话,服务生眼中的怀疑消散了大半。最起码我们知道苏璇是谁,应该不至于被当成蒙混上船的二流子。

"岂敢岂敢,外面的残花败柳哪儿能跟夫人比呀?"我打蛇随棍上,赔着笑把戏演下去。司马云岫妩媚地哼一声,拧了一下我的后腰:"算你老实。你,带着我们去会场看看吧!"

司马云岫颐指气使地让服务生带路。我悄悄轻揉了下被司马云岫拧过的后腰,嘶,生疼!

伪装见奇宝出世，各路人你争我夺

我与司马云岫并肩而行，有那名服务生带路，三拐两拐，来到了宴会厅。宴会厅摆满了美酒美食，突觉腹中一阵饥饿。再看司马云岫，虽然表现得比我矜持许多，但是一双眼睛不会骗人，不住地往那些美食上瞟。

我俩交换了一下眼神，都确定了心中所想：打探情报可以放一放，祭祭五脏庙才是正事儿。走到餐席处，我并未狼吞虎咽，非是不想，而是遵了司马云岫的提醒，如今我们扮相是有身份的人，再如没见过市面的土包子似的狼吞虎咽，肯定会惹人怀疑。要不说女孩子家心思就是细腻，我压下性子，捡了些顶饱的吃食。

腹中不再咕咕作响，这才有心思观察周围动向。我用眼睛大略一扫，竟发现了鹿万龙赫然在宴会厅，却没寻到苏璇的身影。按理说，如果是宴会的主办方，苏璇应该会露面的。与此同时，我开始怀疑苏璇是否已被督察所利用，毕竟之前去找苏璇寻求帮助的时候，她可是很痛快地帮我们解除了通缉。若她与督察是一丘之貉，那为什么先前又对我们施以援手呢？

带着心中的疑问，口中的食物开始有些食不甘味，我索性站起身来，往会场的后半部走去。此时，我见到了另一个熟人——苏州的李帮办。他远在苏州，来上海作甚？我俩打了个照面，多亏司马云岫的化妆技术，他倒是没认出我来。我找到司马云岫，给她指了指李帮办与鹿万龙所在的位置，我俩便找了个贴着门的角落坐下，静静地观察事态。

"接下来，便是各位期待已久的拍卖环节，因为雇主相托，我们不能讲明寄拍之人的名号，但各位放心，这些东西全都是有保障的。"突然聚光灯打在宴会厅前方的舞台上，一位身穿礼服、留着两撇小胡子的拍卖师从后方上台，情绪饱满地说下了这番话。而在场的人听闻之后，七嘴八舌地说着"自然信得过东家""东家信誉无双，快开始吧"之类的话。想来除了我跟司马云岫，其余的人对这场拍卖会的"东家"多少都有些了解。

我暂且没事了。方才路过一支娶亲队伍,我混入其中跑了出来,我要把这个烫手山芋寄出去。但不知道给谁,但无论谁拿到了这本书,我想说的都在扉页上了。

我们虽然不知道"东家"是谁,但这个东家的身份也是好猜,不是这场宴会的主办方苏璇,就是那个神秘的陈督察。

我看了拍品,头一个竟然是买卖人口,这不禁让我倒吸了一口凉气。我看向一旁的司马云岫,她也有些神情戚戚,微微叹了口气后,继续观察会场。更令我们震惊的是,接下来的拍品一件比一件有来头。宫中曾经流出的珍宝,咸丰皇帝把玩过的扳指,都只是普通拍品,算不上压轴。

然而,最令我心惊的是这些拍品的类型十分古怪。除了正常的古玩、玉器,甚至还有什么自松江至衢州的烟土贩卖线路、苏州市长的承诺,等等。这些东西大多没有实物,但看那些老爷、太太们毫不顾忌,踊跃参与,显然参与的不是一两回了,没有丝毫担心之态。

同时,我也注意到,拍品虽然五花八门,但是会场中至少有小一半的人从没举过牌子,其中就包括鹿万龙和李帮办。我们不举牌是因为我们本身就是冒充的,一没牌子,二没银子。而其他像我们一样不举牌的人也只是为了看看、图个热闹?拍品竞争得虽然激烈,但是进度很快,不到一个时辰,拍卖会已然进入尾声。

"接下来要拍卖的,便是本次拍卖会的压轴重宝。这宝贝太过贵重,虽然真品就在船上,但是此刻却不能展出,只能给大家看个影像。认识的自然举牌,不认识的拿回去也是徒增祸患。好,此物没有底价,各位随意便是。"随着拍卖师的话音落下,我有些不解:这压轴宝物竟然连个名字都没有,而且拍卖师的话竟然有些威胁之意在其中,这究竟是为何?

好在,我这些疑问瞬间便得以解除。台上的幕布被投射了一张照片。照片中的方形玉器,看上去平平无奇,看形状只是一枚玉佩,上面隐约刻着几个字,由于模糊,我只依稀辨认出四个字:天、命、万、世。

我正疑惑着,一旁的司马云岫却已经惊讶地低呼出声:"天子玉!"

天子玉?这就是天子玉?我正在调查所有案件都指向天子玉,可以说,它就是引得所有案件发生的根源。此时它却在这艘轮船上?司马云岫是怎么知

投影游轮有吗?

道的?见我眼中有疑惑,司马云岫意识到自己刚才的失态,解释道:"当年我们在鹿府唱戏的时候,曾见过一次,鹿生就将其堂而皇之地摆在堂内,引得数十人围观。天子玉上面刻着八个字:承膺天命,兹惟万世。你看看是不是?"

虽然司马云岫的这个解释,我总觉得哪里有蹊跷,但此刻不是在乎这些的时候。随着司马云岫的那声低呼,原来不举牌的那些人竟然开始纷纷举牌,看来他们忍了一个时辰,都是为了这块天子玉而来!

"此地不宜久留。你将鹿万龙引走,我在后面做掩护。"拍卖会正在激烈地进行,而我已察觉到火药味。像天子玉这样的至宝,肯定不能用钱来买,那无论是谁得到天子玉,接下来都免不了争抢。刚才看鹿万龙上船的架势,这宴会似乎不让带保镖家丁一类的人物,但万一谁揣了把枪,那也受不了。

司马云岫点点头,找张纸条写了几个字后径直走到鹿万龙的身旁,将纸条递入他的手中,随后从大门出去了。鹿万龙读了纸条,四处寻找而不得,回神到激烈的竞价,此刻已经涨到了五百条大黄鱼的价格,停顿片刻后他咬咬牙,一顿足,起身走出门。

我尾随鹿万龙,一同出了大门。我倒不是担心司马云岫,按鹿万龙痴肥的样子,司马云岫打他两个都富裕。我只是觉得,陈督察现在还未现身,其中怕是有什么诡诈。我准备去甲板上透透气,刚拉开舱门,便遥看到甲板上有一些人影,依稀能看出穿的是巡捕衣服。得,是福不是祸,是祸躲不过。我赶忙退进船舱,也没想着去提醒宴会上的人。一会儿巡捕进来抓人,场面越乱我就越好逃跑。

我退回休息室,找了个隐蔽的角落躲起来。现在人基本在宴会厅争夺天子玉,休息室里一个人都没有。督察为了天子玉而来,想来是先要将知道天子玉下落的人全部抓走,然后再将船一把火烧了。如此一来,人财两得,果然打的好算盘。

我跟司马云岫原本的计划,就是等督察将人全部抓捕押送下去之后,在船沉前,取上木筏,悄悄溜走。毕竟他们抓人也是需要时间的嘛,我躲在休息室的柜子中推演着我的计划,看到底有没有漏洞。突然听到枪响。看来是巡捕进了宴会厅,要开始抓人了!

外头有人敲门，是老王，我上司。靠，问题是这是我现租的民宿，他怎么知道的？

惊鸿现花童伫立，沾血迹过期门票

听到一声枪响，我还道这是督察的示威之举，但随后发生的事情让我意识到，这事儿不对，这枪声响起来之后就没停过，救命声、哭喊声、尖叫声乱成一片。我本想趁着巡捕抓人时的混乱，潜入下面几层，但是目前的这个局面显然不是抓人可以解释的了。一直没听见巡捕的叫嚷声，光听到了宾客的哭叫声，看来，这是一次预谋好的屠杀。

枪声渐歇，我听到急促的脚步声，想来主会厅的人已经死伤殆尽，巡捕们应是在搜寻漏网之鱼。此时我若仍在休息厅内躲避，难免有暴露之虞，只能兵行险着，看看能否死中求活了。我蹑手蹑脚地从休息厅出来，绕另一条路到甲板上，舱门外竟然还站着一个巡捕。想来，他是在防止有人从甲板上进入主会厅。

他背对舱门而站，我是死是活就看这一搏了，我真后悔刚才没有顺根棒子之类的玩意儿。我内心胡乱地想着，暗自憋了一口气。在将门推开的一瞬间，我猛然扑到他的身上，双手钳住他的脖颈，膝盖跪在他的胸口，让他无法顺畅呼吸。借着甲板上的灯光，我看到了这人的脸，正是当初追杀我的那四名巡捕之一。这下更印证了我的猜测，督察就是整件事情的幕后黑手。

身下的这名巡捕死命挣扎着，显然他不愿意就这样束手就缚，他一只手扒拉着我的胳膊，另一只手向腰间摸去，看这架势应该是去摸别在腰间的手枪了。我看准机会，趁他将手枪拔出来的时候，我狠狠地举起拳头，趁他扭头的时候对着他的鼻梁就是一拳。人的鼻梁是最脆弱的地方之一，一拳重击后，我趁机拿起了他的手枪。但我并不准备开枪，不光是因为我枪法不好，还因为如果此时响起枪声，必然会有人出来查看，那时候我可就凶多吉少了。

我攥着枪管，挥起枪身，枪柄狠狠地打在他的太阳穴上，他登时便没了动静。怕他不死，我又拿着枪冲他的头狠狠地砸去，一下、两下，砸了得有三四分钟才停手。随后便是一阵抑制不住的干呕。虽然我见过死人，也见过顾晋、司马云岫杀人，但是自己亲自动手杀人，这还是头一次。

杀了这名巡捕后，甲板上便没别人了。此刻我并没有跳船逃生，而是朝着离宴会厅最近的舱门走去，刚才巡捕们就是顺着这个舱门进入轮船内部的。进了舱门，走不到十米就是宴会厅，我像只兔子似地窜入了会场当中。

还没进入宴会厅，空气中就弥漫着浓重至极的血腥味。走进后，我更是差点要吐出来。只见地上横七竖八铺满了尸体，在这堆尸体中间，拍卖师的死状最惨，他就躺在拍卖台上，身上至少中了七八枪，死不瞑目。见此惨状，由不得我再作感叹，赶紧找个没人注意的角落，把周围死人的血往自己身上胡乱抹，趴下来就近拽过一具尸体压在身上，然后侧头窥视门外的动静。好巧不巧的，死在我身边的人正是李帮办。

当时我们去拜访李帮办的时候，他在主座上盛气凌人，险些就对我和司马云岫下手。再看如今，我还活着，他却成了一具尸体，真是世事无常。感慨过后，我又陷入了新的疑问。登上这艘船的人非富即贵，还拿李帮办来说，他在苏州城跺跺脚，整个苏州都抖三抖，此刻不明不白地死在了船上，督察怎么对其他人交代？原本我以为，督察只是会抓走这些富贵老爷太太们，好夺取天子玉，现在他一下杀了这么多人，上了岸他又怎么脱身？

我正思索着，门口突然传来一阵嘈杂声，督察到了。一队巡捕上前大声禀报："报告，搜寻完毕，没有发现活口。"

"报告，没有发现司马云岫的踪影。"

"他娘的！"督察听到没有发现司马云岫，愤怒地爆了一句粗口，"我当初就不该相信她，直接杀了才对！"督察气愤不过，拔出手枪，冲着地上的尸体胡乱地开了几枪。有一枪正好打中盖在我身上的尸体，子弹穿过尸体，贴着我的腰间划了过去，我顿感腰间火辣辣的疼痛。幸亏有一具尸体做肉盾，否则这一下我真忍不住。

我咬死牙关，压在身下的手疯狂扣着地面，强忍住不让自己叫嚷出声。

好在督察并未察觉这边的情况。"时间不多了,东西拿上了吗?"在得到肯定的回答后,督察下令,"沉船,撤退。"

督察等人撤出宴会厅后好一会儿我才敢起身,在腰间一摸,子弹应该是带掉了我一小块肉,所幸没有伤及要害,只是流了点血。我忍着剧痛,从衣服上扯下一块布条将伤口裹好。正准备离开的时候,发现李帮办的手中似乎握着什么东西。临死之前握在手中的东西……想来,定是什么重要的物品。

我掰开李帮办的手,手里握着的竟然是一张染血的入场票——天乐园的舞票。为什么李帮办会觉得这张舞票如此重要?票面上的时间,已经是一年前了。这让我更加疑惑,怎么一张一年前的舞票会被李帮办贴身携带,我思索再三,还是将舞票拿了起来,将它跟奖券一起放进油纸包中。

_{这张舞票上是没有鲜血的,另一张上面才有,这是典型的混淆视听。}

我小心翼翼地蠕动到会场门口,确认了门外左右都没有人。想来那些巡捕已经撤退到了甲板上。我顺着舱门门缝往外望,果然,巡捕正如火如荼地在甲板上洒火油呢。我得早点下去,找到司马云岫商量撤离的事情了。

我怕被发现,决定掩上舱门。在将舱门关上的瞬间,我从门缝里看见了一道身影。我难以置信地张大了嘴,差一点就惊呼出声。我偶然瞥见的那道

121

身影不是别人,正是与我曾经有过两面之缘的卖花盲女!她还是那一身打扮,手臂上还挎着花篮,现在正站立在督察的旁边。我赶忙揉揉眼睛,生怕看错了,待我将手放下后,只见督察一个人站在船头,周围哪里还有什么盲女的身影。

莫非是看错了?我摇了摇头,不可能,我怎么会看错呢。刚才督察边上站着的分明就是那个盲女啊,俗话说念由心生,我也没念着盲女,要说错看,怎么也不会错看成此人呐,难不成是撞了鬼了?饶是我不信鬼神,但此刻脑海中也浮现出许多恐怖景象,我们说书之人自然也说过聊斋,聊斋中记载的什么挖心吃肝、狐精女鬼之类此刻都涌上了我的大脑,后背已然被冷汗浸透。

我缓缓将舱门掩上,慢慢地转过头去,想着若是盲女出现在我身后,那我可能要当场吓死,尤其是在满船死人的场景当中,更是分外可怖。所幸,身后并没什么厉鬼精怪。我强压下心中的惊惧,回忆着刚才来时的路,撒丫子似的便向船舱下面跑去。我要和司马云岫汇合。

想到司马云岫……我的脑海中又浮现出督察刚刚所说的话。督察这么心狠手辣的人,司马云岫究竟跟督察说了什么,达成了什么交易,才能换回一命?这么看来,司马云岫当时瞒我的绝不是她受刑不住暴露了我们的调查结果,而是某件更加重要、很有可能是我所不知道的事情!

擒万龙信差同行，歌舞厅暗藏疑云

我从船舱内快速穿过，脑海中闪过一段段司马云岫的反常表现。对于司马云岫的身份，我隐隐有了猜测，但是还不能当面质问。毕竟我们现在还算是合作的蜜月期，如果我点出她的身份，不是还好，如果真是，那么我们现在的关系将骤然破裂，甚至可能反目成仇。

想来现在司马云岫应该还用得着我，我也用得着她，我们对彼此都有利用价值，她应该不会丢下我一个人带着鹿万龙跑掉。我跑得飞快，因为船舱外已经传来了爆炸声。这帮小赤佬，光点火还不够，还要炸船。等我到了负二层，来到跟司马云岫约定好的见面地点时，正看到似笑非笑的司马云岫和被揍得像猪头一般的鹿万龙。

"跑啊，喊啊，怎么不喊了？"司马云岫饶有兴致地冲鹿万龙叫嚷，而鹿万龙只剩下喏喏求饶的份儿，连大声说话都不敢。

见我来了，司马云岫跟我讲了刚才发生的事情："我把这小子诓骗过来，他竟然见色起意，我便狠狠地教训了他一顿。之后，我把他绑了起来，过了些时间，有巡捕前来，这小子还要大声呼救，我又教训了他一顿，这才算老实。好在巡捕来去匆忙，没怎么仔细搜寻，要不然还真有可能暴露。"

我看着鹿万龙真是好气又好笑，你说你调戏谁不好，非要调戏司马云岫。这位姑奶奶是你能打得过的嘛？我见鹿万龙委顿在地上颇为可怜，也不忍心再说他些什么。只是看着他言道："得亏你刚才没把官兵招来，否则，你以为那是救命的菩萨？呵，你叫来的那都是催命的阎王。得了得了，云岫，你把堵他嘴的抹布摘了吧，现在我估计他就是在船里唱山歌也没人来救他了。"

司马云岫虽然有些不解，但还是摘下了鹿万龙嘴里的破布，而鹿万龙在司马云岫的威压下，也没敢大声叫嚷。我也没多作解释，一会看看就什么都明白了，当务之急是得先跑上甲板，将木筏扔到水中后，我们跳进去，扒着木筏一路游回去。具体能不能游回去我倒是不太担心，我敢打赌，虽然轮船开得挺远，四面一抹黑哪是哪儿都辨不清楚，但是司马云岫肯定知道怎么上岸。否则，她也就不配是……

我想到这里，干笑了一声。司马云岫察觉了我的异样，出声问道："你怎么了，刚才吃了脏东西了，怎么别别扭扭的。"我听司马云岫这么问，自然是不能实话实说，作势将干笑转为干呕，回答道："没什么，想起宴会厅的场景了。"

"会场怎么了？发生什么事了？"这次问我的不是司马云岫，却是鹿万龙，他的声音颇为焦急，"天子玉呢？啊？！问你话呢！"

也就是此时逃命紧急，我没空搭理他，否则非给他俩嘴巴不成。自己都是阶下囚了，还一副颐指气使的样子，真当自己还是鹿府的老爷呢？此刻我和司马云岫一人抬着木筏一边，倒是鹿万龙显得清闲，慢悠悠地跟在我们后面。要不是双手被反剪着绑在身后，还真以为我俩是奴才，他是大爷呢。

"你是不是还没挨痛快揍？"我斜楞了鹿万龙一眼，这小子居然不服，还跟我回瞪了一眼。但司马云岫什么都没说，只是俏目含煞地盯了鹿万龙一眼，这小子立马就蔫了下来，熊得跟鹌鹑似的。娘的，欺软怕硬的东西，我在心里暗暗地骂了一句。迎上了司马云岫同样疑惑的目光，显然，鹿万龙刚才问的也是她想问的。鹿万龙可以不搭理，但司马云岫却不能不理，我轻咳了一声，言道："天子玉的下落我也不知道，现在肯定是不在船上了。至于发生了什么事嘛，你们到时候进了宴会厅自己看看不就得了？"

（刚到一层，血腥味混合着焦味和烟味便一股股涌了过来，走到宴会厅，司马云岫顺着门往里一看，脸色煞白。喃喃道："陈子理居然……"）

（旁注：她是盟门的人，并且知悉陈子理的部分计划。虽然说书人这个作者根本没有上船。）

"啊？"我装作没听清的样子，司马云岫也意识到了自己的失态，连忙别过脸去，伸手拨弄了一下额前的刘海。而我显然也不准备在这件事情上多计较什么，不过这也证实了司马云岫确实隐藏了什么。

按理说，虽然我跟司马云岫确认了陈督察有可能是幕后黑手，但是一般人见此状，第一句问的应该是"这是督察干的？"或者是"发生了什么？"之类的疑问句，但是司马云岫却用了陈述句，语气也颇为笃定。似乎早就料到陈督察今天登上船。是要搞这么一出事情。以往我与司马云岫交谈的时候，都称其为陈督察或督察，此番司马云岫失态之下，竟然直接叫出了陈督察的大名，可见司马云岫跟陈督察交情颇深——至少比我深多了。

虽然我留意到了这些事情，但是却没有表现出丝毫异样。至于鹿万龙，他就更别提了。这小子看到会场的一瞬间，便倚墙根干呕去了。跟司马云岫来到甲板，看甲板上已经燃起了熊熊烈火，我们沾湿了衣角捂住口鼻，同时又得注意木筏不能被猛火点燃，不然我们可一点逃生的机会都没了。鹿万龙此时也琢磨过味儿来了，司马云岫当时阻止了他的呼救实在是救了他一命，而此刻他跟我们也是一根绳上的蚂蚱，主动要求将绳索解开，帮着我们运送木筏。

在我们三人运送木筏时，我又见到了被我杀死的那名巡捕的尸体，猛然间一个激灵，想到了刚才被我忽视的事情：陈督察如果发现了自己部下死在了舱外，没理由不再次进舱搜查，而当时陈督察只是匆匆下令放火炸船，可见他认为自己知道凶手是谁，而这个人，又是他招惹不起的。那么对于一个狠辣到屠船毁尸的人来说，究竟是什么人让他觉得自己招惹不起？我想到这里，又想起了刚刚我在舱门缝隙处看到的那一抹惊鸿白衣。如今唯一的解释，也就剩下那名盲女了，那这名盲女究竟是何方神圣？

"干什么呢？"闻听司马云岫的招呼我才回过神来。不知道什么时候，她和鹿万龙已经将木筏扔到了水中，见我发愣，便冲我大喊。我应答了一声，憋足了气，跟着司马云岫从船上跳入水中。虽然轮船已经开始沉没，但是距离水面的高度也跟个小二层楼一般，跳入水中，我不免呛了一口水。同时，腰间的枪伤被水这么一泡，又传来了撕心裂骨的疼痛。

我咬牙忍着疼痛，向着不远处的木筏游去。司马云岫和鹿万龙都已在木筏上。司马云岫舔了舔嘴角，分析道："水不咸，应该还没入海。我们得逆着水流的方向划，才能回到岸上。"

"怎么划?"鹿万龙抱着膀子哆哆嗦嗦地问道。他生在富贵之家,哪儿经历过这种事情。

　　"我给你请个神仙,让他划。用手划呗!"我没好气地瞥了鹿万龙一眼。还好,之前我和司马云岫已将两根大板绑在了木筏上,此时将木板拆下,倒也可以勉强当桨用。不知道划了多久,天光微亮,远处隐约漂来一艘小艇。最初,我们还以为是督察在海上巡逻,搜捕漏网之鱼的船只,待船靠近,发现船上坐着的正是顾晋!

　　呵,我心里轻笑一声,早不来,晚不来,等我们从船上脱了险,却恰好赶到,在茫茫大江上一下就找到了我们。看来我认识的这帮朋友一个个的都不简单呐。我心下对于顾晋的身份也有了一个模糊的猜测,虽然没有司马云岫那么清晰,但是可以笃定的是,我这两位队友,绝不像他们表现出来的一般单纯。

　　顾晋将我们接到船上后,我们才算是舒服了一些。刚才的木筏,坐两个人还行,三个人就有点拥挤了,更何况鹿万龙身材宽大。此时换了小艇,虽然还是手动,但是比刚才的木筏可好了不知道多少倍。

　　我上了船并未质问顾晋,根据以往的经验,就算他是上瑶池摘桃子去了,回来也会给我们一个说得过去的理由。果然,将我们让到船上之后,还没等我们开口,顾晋就一惊一乍地开始喊了:"大哥,你怎么也在?这胖子又谁啊?正好你也在,兄弟我这两天是太苦了。我调查云岫的下落,找来找去,有人说看见云岫被押上了一艘轮船,我二话不说,租了条小艇就往轮船开的地方划。我琢磨着,这种豪华轮船一般都不会运长途的,一船的货物还没船值钱呢,我就盼着能碰上,终于啊,皇天不负有心人。我在河上漂了一天多,这不,带出来的罐头都快吃完了。"

　　听闻顾晋说完,我和司马云岫都感动得不行,抓着顾晋的手直道辛苦,又哭又笑。表面上是三人组重聚的感人场面,但各自内心又打着什么算盘,就只有老天爷知道了。

拷问知曾经辛秘，神秘信再入手中

我们上了船之后，四个人开始划船，不得不感叹一句，用船桨划船真是比用木头板子搅水快多了。眼下上海肯定是不能去了，只能顺着长江往上划。就连上海的码头也不能停靠，谁知道陈督察有没有在那里布置什么暗哨巡捕之类的，我们现在去岂不是自投罗网？

一路划船，我们三个人都不说话，心中各自想着心事，气氛一时陷入沉默，只有鹿万龙一个人喋喋不休地威胁："你们要把我带到哪里去？告诉你们，我可是上海鹿家的人，我可是鹿万龙！"

"废话，知道你是鹿万龙，要不还不抓你呢。"我没好气地回了一句，倒是顾晋，颇为惊讶地看了一眼鹿万龙，眼中有些惊诧。在船上有吃没喝的，我们自不会在此浪费口舌，去盘问他些什么。眼下正是保存体力的时候，也犯不着跟他较劲。我们划到临近上海地界的时候，已经过了一天了，船上的罐头基本也消耗殆尽。本来还能多撑一顿，但是鹿万龙干活没见他怎么出力，吃得倒不老少。

"如果实在不行，让我去岸上买点东西吧！我租船下河的时候没人阻拦，回去应该也问题不大。采购完再回来找你们。"顾晋说道。

"不行。"我跟司马云岫异口同声地说道，顾晋看着我们俩有点丈二和尚摸不着头脑。我看向司马云岫，想知道她阻止顾晋的理由。司马云岫只是冷哼了一声："我怕你这次再调戏妇女让人当街击毙。"

这显然不是一个好的解释，但是从司马云岫的角度来讲可以作为她不让顾晋上岸的理由，但这显然不是我的理由。我调整了一下措辞："上海还是危险的，我们最好再等等。"我说出这个不算理由的理由后，又陷入了沉默。好在天无绝人之路，我们在必须要上岸的关节，竟然看到了一艘货船。

这货船是烧煤的，动力还算可以。我们几个在艇上大呼小叫，拼命比划，总算吸引了那艘货船的注意。等货船靠近后，我大声询问："船家，咱们要去哪里呀?"

"南通。"

我在内心盘算了一下，南通离上海不算太远，但是督察的势力应该不会那么快延伸过去。于是给了一个银元，船主非常热情地把我们请上了货船。虽然里面空间狭窄，我们还得跟大批腥气十足的草药呆在同一个舱室，但是跟木筏和小艇相比，这里简直是天堂：又能遮风挡雨，又能有个倚靠，还不用自己划船。

船家还好心地给我们拿了几个馍馍，就着点水，也能填饱肚子。倒是鹿万龙，仍旧大呼小叫的，一会说自己是被绑架的富贵老爷，让船主开到上海报案，一会又嫌弃馍馍不好吃。对于鹿万龙的这种表现，司马云岫出马，没过一会儿就把船主摆平了，只说我们任是要债的，鹿万龙欠了我们老板一笔债，准备坐船远渡，这才被我们抓了回来。

这年头，谁都不想惹祸上身，司马云岫故意说我们干的是打手的营生，好歹让老板放下了心。其实我们是什么人对于老板不重要，只需要确定我们不是杀人灭口的江洋大盗就行了，至于其他的，江上那么大，我们下了船，谁还能找到船家？冒着一溜黑烟，船停靠在了南通的小港上。我们押解着鹿万龙到了一处偏僻所在，由司马云岫看守，我和顾晋则出去租船。

租船之前，司马云岫和顾晋都问过我要去哪里，我只是摆出了一副高深莫测的样子，迟迟不说。直到租船的时候，我才透露我心下所想：南京。苏州、上海，我们都曾经被人追杀过，只有南京古都，人流混杂，政府的势力相对也多些，陈督察恐怕就是有心，也很难能率人前来。只是从南通到南京的客船不少，但都不是我们能乘坐的。一来，虽然我们断定陈督察的人追不到这里，但凡是不怕一万，就怕万一，所以是绝不可能拿出身份凭引的，更何况，我身上压根也没带着。二来，人多的客船鹿万龙免不了又要大呼小叫，现在我们每一步都在刀尖上跳舞，陈督察肯定会不遗余力地追杀我们。若是节外生枝，那再要逃出生天可就难了。

在南通，我还确认了一件预料之中的事。南通报纸上面赫然写着"豪华轮船遭匪人肆虐，上海巡捕房督察陈子理奋力拼杀，英勇殉职，轮船沉没，多家豪门身死"的报道。其实我从轮船上逃生之后，便一直在思考这个问题，督察杀死了那么多富家子弟，怎么能安然脱身。莫说他是隐世门派的人，就算是蒋委员长这么干，位子怕也是坐不稳了。这么看，他早就打定了假死的主意。

费了半天劲，终于在一条客船找到了一个专门运送苦工、罪犯逃难的蛇头。商量好价格，我们将整艘船包了下来。在船上，盘算着到南京应该还有几个时辰，我们三个人决定轮流看守鹿万龙，以及查看行程，而剩下的人则睡上一觉，养精蓄锐。

顾晋叫醒我的时候，已经到了南京地界。下了船，自然是找个"野栈"休息休息。客栈安顿下，正准备脱衣服洗澡，手在衣服兜里摸到了什么东西，将东西拿出来一看，我悚然一惊。

还是一封信，信装在一个精致的、防水的塑料兜子里面，信封上的落款依旧是"建文后人"四个字。让我不寒而栗的不是又获得了信，而是这次信出现在了我的身上，而我却一无所知。这建文后人究竟是谁？他又是怎么把信揣在我衣服里的？这信件只给我一个人，想必也是对顾晋和司马云岫有些提防。我拿到隐秘的地方看，发现上面的内容竟然是我在豪华轮船上面经历的事情，其中特地点出了我拿走的那一张舞票。其上言道，如果我在拼拼图的话，那么舞票所代表的就是最后一块拼图，将之拼完整，就能还原出整个真相。信件上说，舞票内容所代表的，是天乐园的一起命案。

上海天乐园？苏璇曾经在的舞厅？我现在一时半会肯定是回不去上海了，况且，我现在有更重要的事情：审问鹿万龙。

鹿万龙刚开始还是一副派头十足的样子，对我们的询问不屑一顾，并且大言不惭，说我们不配和他说话，要叫幕后主使前来。哪儿有什么幕后主使？

最后还是得司马云岫出手，只见她不知从哪儿找来一根鞭子，在鞭梢上沾着辣椒油和盐水。刚当着鹿万龙的面儿挽了一个鞭花，这孙子便决定什么都说了。他妈的，贱骨头。但从鹿万龙张嘴的一瞬间，我便知道，他或许是贪生怕死，或许是纨绔成性，但绝对不是像他表现出来的这么浮夸。他之前的装疯卖傻都是试探，想让我们放松警惕，从而认为他是个无足轻重的卒子，但看我们态度坚决，与其挨了打再说，不如现在就说，还能少受些皮肉之苦。

"张大春是我雇人杀的，他跟我长得很像，是个做替死鬼的好角色，在杀死他之前，我还特地找了最好的洋医大夫为他整了容，目的就是要与我看起来一模一样。"鹿万龙这么一说，我总算是知道假鹿万龙尸体脸上的那圈伤疤是怎么来的了。

（在回答了我的疑问，解决了我的一块心病之后，鹿万龙才开始将自己的经历和盘托出："当年鹿生做生意，拿了不该拿的东西，惹了不该惹的人，于是那些人决定报复鹿生。他们自称镜门，先找到了我，我只能合作。没办法，不合作就是死。在家宴当晚，我在众人的酒里面下了药，但没想到的是，鹿生还是跑了。"

"那被你下了药的那些族人后来怎么样了？"

"要么是与我一起投奔镜门，要么……就死了。做大事，无毒不丈夫。我之所以与你们说这些，是因为我知道我和你们没有利益冲突。"）

"那你为什么要假死？"我继续追问道，按理说，他在镜门这样的隐世门派，不愁吃不愁喝，而且他原本就是失踪人口，又何必假死呢？

（"为什么？呵。当年镜门的人为了谋取天子玉，不惜灭我家门，带队的就是陈子理。但天子玉还是被鹿生带走了，下落不明。镜门不想出手却没什么收益，便与我商定半分鹿生的产业。虽说财帛动人心，让我在镜门挂了一个执事的名号，但毕竟是外来户，一无人二无权，便想假死脱身。还想着徐图后计，慢慢地恶心恶心镜门，这不就落在你们手中了吗？"鹿万龙淡淡地说道，好像在说一件与他自身一点关系的都没有的事情。只是话语中透露出的那份怨恨，让我们听了脊背发凉。）

呵，真是好一幕戏啊。这成了镜门做的事情了？鹿万龙验尸报告的死因是什么？被发现的时候又是什么样子？我把真正的验尸报告放上来吧。屠杀鹿家满门，从来只有后人一脉，为了天子玉，悍然灭门，只有鹿生一个人跑了出来！

鹿万龙想恶心镜门？可是主动镜门护。镜眇步后经将灭门

天子玉竟有赝品，神秘人身份是谁

"你是镜门执事，那你有没有镜门的腰牌？"我询问道。

"有。"鹿万龙从怀中掏出一面铜牌，上面刻印着的正是一面八角古镜。看了此牌，我心中已经确定，我们之前所杀的蒙面人就是镜门中人。

"那你再看看这个。"我把从黑皮处得到的照片又翻了出来，上面照了一个埋了半截的石碑，上面写着字还刻着符号，其中一个符号就是八角古镜。鹿万龙既然是镜门的人，那么应该知道照片的含义。

没想到，鹿万龙看到照片的一瞬间便开始破口大骂："好啊，好你个陈子理，你果然叛出镜门了！"

随着鹿万龙的解释，这张照片的含义也明晰了起来。那尊石碑上刻的话是"今得帝宝，以壮镜门之威。蕞尔盘门失天佑"，而开头的那枚写着"方伯"的私章，正是陈督察在镜门的代号。

现在看来，陈督察背叛镜门已经是板上钉钉的事儿了。而且几乎不用转脑子，我已经明白了督察这么做的目的——他是要独吞天子玉。那么现在摆在我面前的势力，不算附属势力的话，一共有三家：盘门、镜门和督察。其中的势力大小，应该是盘门最强，镜门次之，督察最弱，我这么排列自然是有我的理由。

其一，督察是从镜门中叛变出来的，他能掌握的最多也就是巡捕房的心腹以及暗地里的某个什么组织。而且陈督察这人心思狠辣，就拿我和赵、岑两位巡捕的事情来说，明显就是想一箭双雕，花最小的力气干最多的事儿。如果本钱太小，他不会如此铤而走险。但如果之前他的势力铺得太大，又难免会被镜门察觉。而且，相对于两个老牌隐世巨擘来说，督察的势力的确弱小。

而镜门本来是和盘门旗鼓相当的组织，但是督察从它内部分裂走后，镜门的控制力自然会下降，至少在上海确然如此。而盘门，至今为止我表面上还没接触过他们中的任何一个人,想来这个门派的手段相对温和,从他们谨慎的行为方式看,他们的受损层级应该是最轻微的,所以我将盘门排在第一。

但无论盘门和镜门孰强孰弱,最弱小的一方还是督察。只不过现在他反而获得了天子玉,抢占了先机。这样一来,强大的势力势必要去争夺,弱小的势力势必要进行保护或者结盟,这个情况是我乐于见到的。俗话说"鹬蚌相争,渔翁得利",我虽然不是什么渔翁,但我也认为现在的情况越乱越好,毕竟水浑了才好摸鱼。我对天子玉并不是很热衷,既然现在知道了大部分事情的真相,我所要做的,就是将我从这摊浑水里抽身出来,能混个自然死亡,那就再好不过了。当然,算计这么多势力必须要早作打算,而且是在刀尖上跳舞,一不留神就会死无全尸。不过与那些势力相比,我有一个优势——他们费尽心力,无非是想要获得天子玉,而我,知道自己的能力有限,想得也得不到,完全可以将之放弃。老话讲无欲则刚,我在这方面与他们的追求不同,他们所热衷的东西,我恰巧可以用来做局,这就是我的优势,也是唯一的优势。

审完鹿万龙后,我们决定让顾晋看着鹿万龙,防止其逃跑。而鹿万龙却表示完全没有这个必要,自己把能说的都说了,至于不能说的,我们也不感兴趣,不如将其放走,我们还能多个盟友。而且他现在也是被镜门追杀的状态,一直留在我们这里,反而增加我们的危险。鹿万龙这番话入情入理,但是为了保险起见,我们答应他,两天之后将他放走,这两天就委屈他跟我们受受罪了。对于这个提议,鹿万龙欣然应允。倒是顾晋,对这个提议颇有微词,因为这么一来,他就得跟鹿万龙一个房间,想想跟一个大老爷们同吃同住同睡,顾晋就觉得浑身不自在。

把鹿万龙丢给顾晋之后,我便出了门,不知道是不是最冷的那几天过去了,还是南京本身就暖和,我晒着和煦的日光,心中久违的有了一丝悠闲之感。到了一家酒肆,我本不是嗜酒之人,但是此时温一壶梅花酒,来一碟茴香豆,岂不美哉。我小口饮着酒,吧唧着嘴吃着茴香豆。此番出来,主要是这几天神经紧绷,不放松放松真的会把自己逼疯。别的不说,轮船上那几十上百具尸体就血淋淋地扔在那儿,谁看了不害怕?

一想到轮船,我就又想到了给我送信的那个建文后人,此人行踪诡秘,但应该是友非敌。但他的真实身份究竟是谁呢?我心中隐隐有了几个猜测,第一怀疑的肯定是司马云岫,我一共得信三次:第一次是在南园书场,我自己家中,按理说当时司马云岫应该在和白蛾交谈;第二次是在跟顾晋去三孙子家的时候,她声称自己当时被陈督察抓走了,但这话只是司马云岫的一面之词,谁知道她是不是在暗中跟踪;第三次便是此次。我对司马云岫的身份有了一个大概推论之后,对她的怀疑更深了。

第二个怀疑的对象是那名盲女,但这纯属猜测。虽然这次我不确定信封何时出现在我身上,但先前都是在见过盲女后的同一天内。当然,这只是我基于这种巧合的揣测,远远不如刚才对司马云岫的推论靠谱,况且那名花女又是个盲人,若说她提前知道我在三孙子家中搏杀蒙面镜门人还算情有可原的话,那么我在轮船上面获得的舞票,一个瞎子又怎么能知道呢?但是我冥冥之中总觉得这个盲女不简单,而且这个巧合也太巧了。

其余的怀疑对象,便是苏璇和顾晋了。之所以苏璇也在怀疑名单当中,是因为我第一封信就是在见完苏璇后的不久获得的,而且以苏璇的势力,派人跟踪我们也不算多难的事儿。只不过这种可能性实在不高。苏璇这个女人,我总有一种看不透她的感觉,第一次见面,这个女人表现得过分热情,过分没有城府,临别之际还赠了我五条小黄鱼的定金。但在之后,在轮船上,苏璇举办的宴会当中竟然出现了人口买卖、烟土交易,甚至还有天子玉这样的旷世奇宝。若说这么一个单纯的女子能有如此的魄力,那我是决计不相信的。

之前我虽然也有猜测,苏璇是被人利用的,但如果有人要利用苏璇,为什么不利用更高级别的人呢?苏璇作为上海妇女联合委员会的副主席,一没

建文帝的确有后人,但并非文中所说的后人。文中所说的后人是一个组织,而真正的建文帝后人也不姓朱了。他们自认为丢了江山,而改成了罪姓。

权,二没人,她的宴会,怎么能宴请到那么多声名赫赫的大人物呢?

当然,虽然我对苏璇有怀疑,但也没法质问求证,最苦恼的是,我还不能跟别人共享我对于苏璇身份的猜测,唉,可能这将是个永远的谜了吧!我心中叹气,又喝了一杯酒,将酒杯放下后,才看见顾晋一溜小跑到我面前。看这小子喘得上气不接下气的样子,估计是有什么要紧的事儿吧。还没等我开口问,顾晋张嘴就是一句:"鹿万龙跑了。"

"跑了?!"鹿万龙怎么能打得过顾晋,我正惊讶着,顾晋又冲我摆了摆手。

"我故意的,司马云岫已经在后面追着他了,我来找你,咱们一起去看看这小子还有什么不可告人的秘密。"

我心底暗骂一声,顾晋这小子什么时候学会大喘气了。鹿万龙现在是我们手中一个重要的筹码,关键时刻将其交给镜门,保不齐还能换条命呢。我在桌上扔了五个大子儿,急忙起身,跟着顾晋前去追踪鹿万龙。

这小子叫了辆黄包车在南京城七拐八拐的,跟得我和顾晋是上气不接下气,叫苦不迭。只有司马云岫气息均匀,看上去还有余力。就这么走走停停,停停走走,跟了鹿万龙这老小子半个多时辰,他才磨磨唧唧地到了终点。终点离我们所住的地方并不太远,走了这么半天,估计就是为了甩开后面跟踪之人吧!

说实话,要不是司马云岫追得紧,我跟顾晋俩人早就不知道跟丢多少回了。见鹿万龙到了地方,顺着一条弄堂走了进去,我跟顾晋一左一右站在弄堂两边,扶着墙根不断地喘着粗气。要不看我俩这倒霉造型,就跟俩门神似的。

司马云岫略带鄙夷地瞅了我俩一眼,臊得我俩脸皮一阵发热。随后司马云岫便跟着鹿万龙走了进去,我俩见状,也只能随了进去。眼看鹿万龙掏出钥匙开门进入,司马云岫当即就想冲进去,我拦住司马云岫,低声说道:"鹿万龙这人贪生怕死,但是颇为智诈。如果咱们就这么贸然冲进去,怕是问不出什么他的真实目的,不如我们如此如此……"

听我说完后,司马云岫和顾晋深以为然。计已定下,司马云岫当即把门踹开,我紧随其后,见他这屋中摆设齐全,竟还有一部电报机,俨然一副据点的模样。此时鹿万龙正坐在电报机前,不知道给谁发电报呢。

我依计而行,确认屋中没有其他人后,怒气冲冲地拔出短刀,上来就朝鹿万龙的胸口刺去,口中骂骂咧咧:"我就知道你个小赤佬有事瞒着我们!老子为了你的案子,多次险些命丧,我这次就杀了你!"

鹿万龙见我暴喝出声,回头一看,正看见我的短刀刺向他的胸口,慌忙之间拿胳膊一挡,便让我砍出了一个深可见骨的口子。鹿万龙身形不稳,一下子栽倒在地,不容他痛喝出声,我又一刀朝他的胸口刺去,鹿万龙见我真起了杀心,也顾不得喊痛,慌忙之间大叫道:"不能杀我,我知道天子玉赝品的下落!"

此言一出,我的刀堪堪停在他的胸口前。

天子玉?赝品?

0443
Yokohama

天子玉本为秘钥，建文帝墓中藏宝

我已经猜出来鹿万龙所知的秘密定然不小，但是却没想到他所说的消息如此震撼。也许是生死之间的威胁，鹿万龙的语言意外凝练。他的一句话透露了两个消息：天子玉有赝品，并且他知道天子玉赝品的下落。

虽然不知道鹿万龙此话是真是假，但是单凭他这句话已经可以救他一命了。我顺势将刀收起来，又拿出药粉和布条，草草地给他包扎了一番。鹿万龙咬着牙，满头大汗地看着我，眼中闪着不知道是什么情绪的波动。沉默了良久之后，两眼又转向顾晋，语气有些颤抖："我要抽烟。"

顾晋从兜里面掏出鼻烟壶扔了过去："抽吧。"

没想到鹿万龙对扔在他身上的鼻烟壶不屑一顾，反而说道："我不抽这个，我要抽卷烟。"

"我们给你偷卷烟去？"顾晋没好气地说，不知是有意还是无意，在拿回自己的鼻烟壶时碰到了鹿万龙的伤口，引得他一阵吱哇乱叫。

"我不管，我就要抽卷烟。"虽然鹿万龙疼得龇牙咧嘴，但还是毫不示弱地盯着顾晋。断定自己暂时无性命之忧后，那股子世家大族颐指气使的架子又回到了他的身上，"要不咱们就拖着，要不你们就杀了我。"

"得了得了，差事，你就给他出门买个卷烟吧。我刚才进来的时候，瞅见有个小卖店，里面应该有。哎，你，抽什么牌子的？"我留了个心眼儿，要不等顾晋买回来他又说不抽这个牌子的，这不是累傻小子呢吗！

鹿万龙像得胜公鸡似的巡视了我们一圈，不知道是不是又牵动了伤口，疼得倒吸一口凉气："嘶，老刀牌的。"

不多时，顾晋便带着烟回来了，把烟往鹿万龙身上一扔。我捡起烟，把包装扯开，从里面掏出一根烟塞在鹿万龙嘴里，又点擦了根火折子给他把烟点上。"伺候"完，我重拿起刀，在他圆圆的脸上拍了拍，活像霸凌良家妇女的土匪头子："说吧，你要是还有隐瞒，或者再敢骗我们，那就有你好受的了。"

鹿万龙狠狠地嘬了一口烟，吐了一口烟气，在氤氲的烟雾中，能看出鹿万龙有些垂头丧气。他之所以非要这包烟，无非就是给自己挣个面子罢了。这帮世家子弟都有这个毛病，死要面子活受罪。鹿万龙又抽了两口烟，似乎是在调整措辞。

"天子玉是什么来历你们都清楚吧？它是朱元璋给建文帝的。传闻征集了无数能工巧匠打造，耗时近半年，才打造出这块举世无双的天子玉。"

"甭废话，这段我们都知道。挑重点的说。"我没好气地打断鹿万龙。

"哦？你们都知道？"鹿万龙坐直了身子，面带讥讽地看着我们，仿佛这一刻忘记了伤口的疼痛，"那你们说说，天子玉具体长什么样子？又怎么分辨？"

"这……"我面露难色，看向顾晋和司马云岫，这俩人闻听鹿万龙这么问，也是有些懵，我兀自强撑着开口，"不就是长长圆圆的一块玉佩，后面刻着八个字——'承膺天命、兹惟万世'吗？这有什么难辨别的。"

"呵。"鹿万龙轻蔑地笑了一声，"如果真这么简单，那我随便找个工匠就能仿个百八十块的。要是朱元璋给朱允炆这么个东西，里面又能藏着什么宝？"

听鹿万龙语气轻蔑，我不由得好奇起来，一旁的司马云岫更是没克制住，急声问道："那你说，天子玉该怎么识别？"

鹿万龙又拿起烟卷抽了一口，眼中带有一丝空洞，似乎在回忆天子玉的辨别方法："天子玉制作极难，此玉为圆形，寓意天圆地方。但又不是纯圆，其长一点九寸，宽一点六寸，九六之数按阴阳四柱八卦所讲，乾九而坤六。至于前面这个一嘛，又意江山统一、混元如一之说。除此之外，天子玉表面有一道凸起的龙形雕刻，这龙鳞花纹就极为繁复。这涉及到专业工匠技术，我说了你们也未见得能听明白。除了这道凸起的龙雕，在玉的表面还能看出三条龙纹，分别对应三才天地人的方位。而且，若在晴空下，拿着天子玉对着太阳照射，其中又有五条龙形暗纹。夜里拿出，又能看到另外七条龙纹。更有传说道，真的天子玉，若是以朱氏嫡亲者血液浸泡，又能显出九道血色龙纹，这

> 这天子玉说得太玄了，真正的天子玉不是这个样子的，构型比这个简单得多。天子玉辨别真伪很简单，用建文后人的血就可以验证。

便是一共二十五条龙纹。至于为什么是二十五条龙纹，典应朱熹。朱元璋自觉出身微末，所以想给自己认个声名显赫的祖宗。宋朝的朱大圣人自然是首选。虽然最后没能成功，但朱元璋对朱熹的推崇由此可见一斑。"鹿万龙说到此处，强撑着站起来，走到一旁桌子边，拿起水壶给自己斟了一杯水，一饮而尽，润了润喉咙。至于我们，在鹿万龙开口讲述天子玉的辨别方式时就已经听傻了。我单知道天子玉作为朱元璋帝王家的不传之宝定然不会这么简单，但这个复杂程度，远远超出了我的想象，它玄乎的程度，比我说的一些书都更有甚之。

鹿万龙喝完水，缓缓地坐了回去，生怕扯到自己的伤臂。其实我给鹿万龙上的药粉不光能止血，还添加了些许麻药，所以此刻鹿万龙应该感觉伤臂没有那么疼了。他又拿起那根烟，美美地抽了一口后接着自己上面的话茬儿说道："而朱熹所作的书《周易本义》中序章所写：'系辞传曰，河出图，洛出书。圣人则之。又曰，天一地二，天三地四，天五地六，天七地八，天九地十。天数五、地数五，五位相得而各有合。天数二十有五，地数三十。'又因古代以单数为尊，所以取了一、三、五、七、九五个数字，加在一起正是二十五，上合天数！"

鹿万龙说完后，我们便陷入了一片沉默，天子玉的制造工艺竟然复杂如斯。虽然盘门是隐世门派，积攒了大量的技术，但那是明朝啊，这些古人真的能在明朝时打造出连现在都难以仿制的世间瑰宝吗？

"我再问你，都说天子玉跟朱元璋留给建文帝的秘宝有关，那么你又知道秘宝藏在哪儿了吗？且不说这个，朱棣起兵造反之后，称建文帝已死，那死不死的，总得给建文帝建一座陵寝吧？你又知道建文帝埋在哪儿了吗？"鹿万龙见我们哑口无言，又抛出了新的问题。是了，当初朱棣攻陷应天，也就是如今的南京，确实宣布朱允炆已死，但是这么多年，却无人知道朱棣为朱允炆所修的陵寝在何处。

我再也不敢不懂装懂了，对着鹿万龙也没了之前的气势，只是小声说

<small>真正的鹿万龙实际已经死了，这件事情牵扯到后人和镜门的交易。最终以后人的毁诺收场，后人毁诺的直接后果就是导致鹿家灭门，除了鹿生外无一幸免。</small>

道:"那还请赐教。"

鹿万龙似乎极为享受这种被人请教的快感,他哼了一声继续言道:"当初朱棣起兵攻陷应天之后,朱允炆焚宫,随后不知所踪。而朱棣则在宫殿废墟中找到一具焦尸,言此人便是朱允炆,并将之葬在了南京附近的九华山,被人称之为焦帝墓。至于为什么是九华山,嘿,那天子玉背面你们只看到了八个字,'承膺天命,兹惟万世'。其实还有八个字,也需用朱家嫡亲血脉浸泡后才能显露,这八个字写的是'九九归一,华夏大兴'。取其第一个字,便是九华二字。也应了朱元璋留给建文帝的秘宝就在九华山!朱棣应该是找到了朱元璋给建文帝留下的宝藏,但苦于没有天子玉,无法进入,便在宝藏上方又建了一个墓穴,这就是焦帝墓的来历。"

(听到此处,我终于知道了天子玉的全部秘密,九华山、焦帝墓。鹿万龙这话藏着的信息量可太大了。只听鹿万龙叹了口气,还有话说:"唉,原本不想告知你们。但如今你们已经知道了天子玉的秘密,镜门非杀我不可了。我现在跟你们可真就是一根绳上的蚂蚱,现在,就算你们放我走,我也不走。既然话都说到这份儿上了,我再跟你们多说点。当年天子玉并非只有一块,而是有九块,这九块当中只有一块是真的,其余八块都是盘门的练手之作。后来八块假天子玉被毁掉了七块,最后一块被一名盘门叛徒带走,不知所踪。此枚天子玉,除了无法开启宝藏以外,与真玉别无二致。后来同样被鹿生所得,再之后,这块伪玉与真玉一同被鹿生带走,现在嘛,应该在苏璇手中。")

之后鹿万龙还说了些什么,但我已经听不太清了,我现在满脑子只有两个字:苏璇!

盘门竟然造了这么多赝品。

有千面孰善孰恶，定死者鹿生已亡

苏璇竟然跟这件事情有这么大的关系，或者说，苏璇果然和这件事情有关。这个女人，从我第一眼见她之后，便对她怀有戒心。她竟真怀有天子玉，且不论是真是假，单单是有这么一件宝贝，就足以证明她的势力了。

君不见，我只是接触了一些不算核心的秘密，就招惹了大批人的追杀，更何况苏璇这样身怀重宝的人呢。与此同时，我也想到了那场豪华轮船上面的宴会，既然宴会是苏璇牵头举办的，那么如果鹿万龙所言是真的话，那枚天子玉很有可能是苏璇拿出来拍卖的。可是苏璇为什么要这么干呢？她若将天子玉交给镜门或者盘门，乃至于政府，少说一场泼天富贵是十拿九稳的。她为何要将天子玉拿出来呢？

"鹿老板，现在天子玉只怕八成不在苏璇手上了。"我将我脑中的推论讲出，鹿万龙一拍脑门，"哎呀，我怎么把这茬儿忘了，当初我就是为了这事儿才登船的。我想着把天子玉拿回，好有跟镜门谈判的资本。"

"鹿老板，你在南京有人脉吗？"我听刚才鹿万龙所说的话不似作伪，毕竟天子玉这种宝物，如果要编，一时也编不了那么真，更何况，鹿万龙不知道我们见没见过真的天子玉。万一被识破，那他的小命就真的不保了，对于鹿万龙这样惜命的人来说，应该不会拿自己的性命去赌的。

"南京我认识的人还是有一些的，怎么，你要用？"鹿万龙基本没过脑子就把这件事情答应了下来，速度快得有些让我不解。但我转念一想，毕竟鹿万龙已经将最大的秘密说了出来，镜门是绝对不会放过他的。现在他跟我们休戚与共，如果我们遭了不测，他也蹦跶不了几天。

"我希望您派人给上海的苏璇带一句话，具体什么话，我一会儿写在纸条上交给您。您看不看都成，我要把苏璇引来南京，再见她一面。"鹿万龙对这件事拍着胸脯打包票，看来他彻底决定跟我们一条路走到黑了。其实我要给苏璇带的信儿很简单，点明她手中的天子玉是赝品，并且约她到南京一叙。对于赝品这种东西，一个人知道就等于没人知道，两个人知道，那就等于全世界人都知道了，我就不信她不来。

鹿万龙将没发完的电报发完，不一会便有人来敲门，鹿万龙低声嘱咐了几句，那人便拿着我的纸条离开了。行了，接下来便等苏璇的消息。有了鹿万龙这个富家子弟，我们自然不用再住客栈，客栈风险高，而且也不保密。鹿万龙带我们来到了一个四合小院，地处偏僻，风景极佳。据鹿万龙说，这是他诸多藏身地点中的一个。想当年我说书的时候，最大的愿望就是能买下这么一座四合小院，再有二亩良田，这日子，真是给个神仙都不换，现在看鹿万龙随随便便就能拿出一座，而且还能随时舍弃，我心中不禁腾出了几分嫉妒之情。

苏璇来上海可不是一两天的事儿，她现在也是事关天子玉的敏感人物，贸然行动必然会遭到各路人马的注意，所以她的行动一定会找个理由。我此刻在四合院中，将奖券和舞票摆在桌子上，一个人对着这两张纸相面。奖券我们之前已经研究了多遍，实在是没什么线索，此时我更多的精力放在了舞票上。

这张舞票上面写着年份，还写了人名：路不绝。并且这张舞票上面沾染了血迹，有的血迹是当天在轮船会场上沾染的，而有些血迹则有些年头了。闻着除了有血腥味以外，还有淡淡的调料味道。路不绝，路不绝，此人又是谁呢？我一手支颔，一手有规律地敲打着桌子，直到一声惊呼才把我从入定中拉出来。

我寻声望去，发出声音的正是鹿万龙，他丝毫没有在意我的目光，而是指着舞票大喊："鹿生！是鹿生！"

"什么鹿生？"我询问到。

"还能是哪个鹿生？上海滩帮办，鹿家家主鹿生！当年鹿生失踪后，我也曾秘密搜寻过一阵儿。我投靠了镜门，自然是跟他撕破了脸皮，他活着，对我始终是威胁。更何况，鹿生失踪的时候，身上还带着天子玉。经我多方查证，终于确定鹿生化名"路不绝",鹿路同音,不绝者生也。正当我准备调查他的位置,将他彻底灭口的时候,他竟突然杳无音信了。这张舞票你是从哪里得来的?"

路不绝是鹿生?这张舞票被李帮办拿来当作保命利器,原来是关系到鹿生,鹿生又关系到两块天子玉的下落。这么说,李帮办……

"鹿老爷,你知道苏州的李帮办吗?"鹿万龙毕竟是鹿家的一员,交游极广,对于这些各地的世家,知道的肯定比我清楚。在鹿万龙的讲解下,我知道了李帮办的背景。李帮办原名李隆,和著名的唐玄宗只有一字之差。他早年属于混混,靠贩卖烟土、人口发家,之前与鹿家也有生意上的往来。严格来说,对于鹿家而言,李隆只能算是暴发户。这些世家无不是有家学底蕴的。就拿鹿家举例,传闻在清朝的时候,有位祖先曾经当过县尊,更是出了好几个举人。相比之下,李隆这种一代而富的人,是多少会受到点歧视的。而其在发家之后,仍然改不了混混的本性,聚养家丁,任由家丁横行霸世,在苏州风评不怎么好。近几年,许是年纪大了,李隆才有所收敛,还常常设立粥棚,如此这般,他在民间的口碑才逐渐好了起来。根据鹿万龙的调查,这个李隆跟盘门多少有些说不清道不明的关系。

"鹿老爷能查查李隆的家丁吗?尤其是家丁跟路不绝之间的关系。我有一个大胆的猜测,在证实之前不好说什么。"鹿万龙对于这个要求自是答应。别的不说,鹿生的死活就是他极为上心的事儿,即便我不说,他也会派人去查的。

布置好了这些,送走鹿万龙,我有些乏力地揉了揉太阳穴。这几天事情太多了,我又要布置脱身的后手,难免有些精力不济。而刚才,鹿万龙来的目的是为了给我带来一个消息,这消息是几张照片,但就是这几张照片,让我立时出了一身冷汗,内心久久不能平复。陈子理,必须死!我暗自下了决心。

苏璇来访南京的消息并未大张旗鼓地宣告,只是刊登在了报纸上,占据了一块不大的版面。该知道的人应该都知道了。我见到苏璇是在三天之后,苏璇结束了来南京的访问后,在回程的船上见的我们,毕竟苏璇身份敏感,作此布置也在情理之中。本来我见苏璇是为了布置逃跑的后手,但是自从见了照片之后,我变更了计划。我要让九华山,成为陈子理的埋骨之地。

上得船来,我并未与苏璇客气,而是有些恼怒地质问苏璇为何当初没有实情相告。如果苏璇将一切都告诉我,我绝不会沦落到现在这个境地。苏璇听完我的质问后,表情有些古怪,从怀中掏出一个秀囊:"你刚刚问得挺多,我便一个个回答吧。你问我为什么将假天子玉拍卖?喏,你自己看吧。"

我拆开布包一看,其中正放着一块椭圆形的玉佩,上面肉眼可见地雕刻着一条浮龙,又有三条龙纹拱卫,说不出的华贵雍容——正是天子玉。这看来就是苏璇手中的那块假天子玉了,这么说,陈督察没得到假天子玉?那他们当天在轮船上说"到手"的是什么东西?

苏璇理了理鬓角,款款走到船舷处,扶着栏杆眺望远方:"你又问我安的什么心?我告诉你我安的什么心。我要杀了李隆这个狗贼!因为鹿郎就死在他的手里。但李隆出入之间,护卫如云,要杀他谈何容易。不知道先生你有没有听过这么一句话:恶人自有恶人磨。当初李隆杀害鹿郎的时候,就早该想到有这么一天。为了报仇,我与虎谋皮,王希苏、陈子理,我都有结交,能豁出去的我都豁出去了,财帛、肉体……鹿郎当初逃离后,曾经来找过我,当时他已经心灰意冷,想放弃天子玉。李隆口口声声地说,他可以帮助鹿郎,没想到却将他诱骗到天乐园杀死。从那时起,我便发誓,只要我活着,必杀李隆。王希苏是个软蛋,我只能把希望寄托在陈子理身上,放出天子玉的风,就是为了引他上钩。我没想到,陈子理居然那么狠……"

苏璇说话时声音很轻,要不仔细听,很容易就会飘散在风中。但她语气中对鹿生的爱意和对李隆的恨,我听得出来,深入骨髓。

定计策吞狼驱虎，隔岸观得利渔翁

苏璇与鹿生之间的爱情真是可歌可泣，一介弱女子，为了给爱人报仇，竟然谋划了如此庞大的局。虽然最后被陈子理摆了一道，但是也足可以称为女中豪杰了。

顾晋和司马云岫并未跟我过来，因为我托付他们另有要事，现在我的计划能否成功，就看能不能向苏璇讨要到这块天子玉了。来之前，我准备了许多说辞，但是在听完苏璇的话后，我觉得自己如果再耍什么心机，就显得有些过于小人了。于是我决定堂堂正正地跟苏璇讲。

"苏主席，这块假的天子玉，我可以拿走吗？"

"为何？"苏璇并未直接拒绝我，反而饶有兴致地反问道。

"苏主席所恨者有二，其一为李隆，他是杀害鹿生的凶手；其二则是镜门，正是因为他们，鹿家才会一夜倾覆。不知我说的可对？"

得到苏璇肯定的答案后，我继续说到："我还知道，当年覆灭鹿家的究竟是镜门的哪一个人。我可以让他和镜门都付出惨重的代价。"

看着苏璇渴求的目光，我并未绕什么弯子："陈子理。"

…………

我从苏璇的船上下来，坐上回程的小艇，内心久久不能平静。我摸着左胸内的布包，其中放着的正是天子玉。苏璇并没有问我这个计划的成功率有多少，反而很痛快地将天子玉交给了我。临别时，我看向苏璇，她的眼神中除了迷茫、欣慰以外，更多的是一种语言道不清、说不明的神色。

等我回了鹿万龙的小院，鹿万龙匆匆地找到我。说来可笑，顾晋、司马云岫，都是与我有过命交情的人，但是现在，我们之间却隐瞒着什么。相比于他们，反倒是鹿万龙这个富家子弟最能和我敞开心扉。

"查着了，查着了。鹿生是在半年前死的。杀鹿生的人叫王铁安，表面是个厨子，实际上是盘门的暗探。王铁安杀死鹿生后，归了李隆，但随即李隆便把王铁安杀了。"我听完之后在大脑里快速过了一遍，仙客居的老板也说，王铁安是半年前失踪的，时间这点对得上，看来凶手就是李隆没跑了。

曾经真假两块天子玉都在鹿生手中，后来鹿生逃跑，自己拿了真的天子玉，将赝品交给了苏璇，这其中未必没有祸水东引的想法。只是，看苏璇对鹿生一往情深的样子，我实在不想再往阴谋论去想了。

现在确定鹿生死了。他身上的天子玉很可能被王铁安拿走了，而之前鹿万龙在调查李隆的时候也说，李隆与盘门之间不清不楚的。所以，王铁安这个盘门密探，在拿了玉后，理所应当地去找李隆，先避避风头，再还玉于盘门。但李隆很有可能见利忘义，将王铁安杀死，并将天子玉据为己有。

李隆并非鹿生，鹿家家学渊源，对天子玉的了解较深。我推测，李隆对天子玉的了解最多就和我之前一样，知道天子玉是什么东西，它背后藏着一个宝藏，仅此而已。至于天子玉的分辨方式和用法，以及宝藏埋藏的地方，李隆应该是一无所知的。这也解释了，为什么天子玉在他手中达半年之久，却没发生任何事情——不会用自然就无事发生。

而且事关天子玉这种秘宝，李隆自然也不能大张旗鼓地去打听，不然岂不是此地无银，明摆着说自己知道天子玉的下落嘛。再之后，假鹿万龙命殒街头，黑皮借着假鹿万龙之死，调查鹿家是假，追查天子玉才是真，否则他怎么直奔南京了？

我看，黑皮和李安的情分不似作伪，那么李安的死应该也和天子玉有关，更别提李安死之前，曾经和鹿家失踪案唯一幸存的小女孩来往密切了。在黑皮深入南京调查的时候，必然招惹了某些势力，别的不说，陈督察，他也想得到天子玉，岂容黑皮插手？况且，还有李隆这个阴险的家伙在一旁看着。黑皮的死，肯定不是一家一户动的手，应当是多方"协作"的结果。

黑皮死前将事情托付给我。我开始调查后，先去找了李隆，而李隆自然也知道我们调查天子玉的事情了。他先拿黑皮试探我，看我跟此事到底有多深的联系，接下来……哼哼，跟踪我们的人里面绝对有一路是属于李隆的。

他的目的，无非是在我调查得水落石出之后，获得天子玉的鉴别方法。在这之前，他不敢动我们。

而我们回上海找苏璇的时候，苏璇借机将我们介绍给白蛾，故意往王铁安那里引。我们一查王铁安，李隆自然紧张关注。人的精力是有限的，李隆把大量的精力放在我们身上，自然就会对其他事情放松警惕。所以才能那么轻易地走进苏璇设下的圈套，最终被督察所杀。

李隆当年杀死鹿生之后，存有他的舞票，在最后关头，应该是想用舞票换自己一命，透露一些关于天子玉的信息。俗话说"人为财死，鸟为食亡"。李隆到了最后关头，竟然还不舍得将天子玉拿出。或者说，他断定如果拿出天子玉，反而死得更快。结果却是机关算尽太聪明，反误了卿卿性命。初次见李隆时，此人何等的意气风发，最后竟与船一起沉入海底，被鱼虾啃食，连个全尸都未能保有。

至于李安的死，如果我没推错的话，该是督察下的毒手。想来督察是想从那名盲女孩的口中获取些关于天子玉的下落，但是李安不知道是良心发现，还是别有所图，与督察周旋，最后落得一个惨死的下场。

如此推断的话，督察应该知道一些天子玉的秘闻，但他并不知道天子玉的识别方式，至少知道的不全。鹿家全家失踪，乃是镜门所作，明眼人一目了然，但凡跟天子玉有些关系的人，都已经消失了。镜门可不是什么善男信女，不会无缘无故留下活口。督察必然了解镜门，所以才对盲女如此执着，甚至不惜杀害已经身为探长的李安。如此看来，对于天子玉，督察绝不可能透彻了解，所以他才会死马当成活马医。在李安死后不久，那名盲女也离奇失踪，看上去也是凶多吉少。

唉，为了一块天子玉，究竟有多少人命丧黄泉。这些人如飞蛾扑火一般，明知是死，也义无反顾地冲上去。

我的计策，倒不能称之为精密，只不过是利用了天子玉而已。我决定要告知盘门和镜门天子玉的下落。所谓天子玉，其实就是我手中的这一块假天子玉,这天子玉的真品和赝品,若不是拿在手中,并且利用朱家血脉检测,是绝难辨出真假的。我将天子玉的黑白照片发出去,带给了镜门与盘门中人,让他们去九华山前去寻找。

至于我是怎么把照片带给镜门与盘门的,此处暂且不表,下章自会详细分说。时间就这么一天天地过去了,自从上次作别,我便再也没有见到司马云岫与顾晋,我看布局也差不多了,我将鹿万龙叫了过来。

"鹿老板,我此去九死一生,若是我成了,那自然皆大欢喜。但无论我成不成,您若想活着,在我出了这道门后,您便远遁他方,北上南下随您喜欢。好好地躲个几年,或许将来您还能返乡生活。但是您要是贪恋故土,还想谋夺天子玉,那即便是大罗金仙也救不了您了。天子玉,不是咱们这种人能打主意的。"在与鹿万龙说完这番肺腑之言后,我便出了门。

三天前,我特地写了一封信,信上讲述了我此行的目的以及详细的计划步骤。将它放在了我房间的枕头底下,信上的收件人则是"建文后人"。此行生死难料,这建文后人神神秘秘的,但是从他的名字来看,与建文帝定然有着极深的联系,并且根据以往的经验,与我并无危害,反而有好几次给我指明了线索。这样的强援,岂有不用之理。

除了信件,我还将假玉也放在了信封里,并直言此为赝品。他既为建文后人,又岂能没有检查天子玉真假的手段?我托他所做的事情,便是将天子玉埋在九华山上,我要用这块假玉,引出真的天子玉。我此番,要利用盘门和镜门剿灭督察,并趁他们大乱时伺机脱身!

二虎竞食盘门胜，螳螂捕蝉雀在后

"你这话是什么意思？"司马云岫蹙着眉头问我。这是我在数天之前，也就是去拜访苏璇之前跟司马云岫的对话。

"唉，其实我也不想将这事点破……"我面露苦涩，早就猜到了司马云岫的身份，之所以一直不说，一来是对司马云岫确实有些好感，毕竟我们也经历了这么多事情，此时将话挑明，以后连朋友都没得做；二来如果我的猜测是错的，那就显得我人性不怎么样了。但此番性命攸关，我又不认识第二个盘门成员，只能铤而走险，点破司马云岫的身份了。

不错，在我的推测中，司马云岫正是盘门中人。

"好，那你说说，你怎么推断出来的？"司马云岫此刻也冷静了下来，抱臂坐在椅子上，一副冷冰冰的态度看着我。

"关于你的信儿，我是从灯子那里打听到的。他说曾经有个戏班子，在鹿家唱过戏。我便顺着这条线索，到了苏州城，找到了你。最早，我对你的怀疑是在你入伙的时候。当初我并未怎么游说你，你便毅然加入了我的队伍当中。并且当时，我正在被影组织追杀。在苏州城，影组织可以算得上有名的黑帮了，更何况它又与镜门有关。一般人遇到这种事情，就算不检举揭发，最起码也是明哲保身。"

"可后面我也说了，我是因为哥哥……"司马云岫辩驳了一句。我摆摆手打断了她的话。

"不过，后面我们遇到了顾晋，他跟你还算熟络，这让我暂且放下了疑心。但你也知道，这样是不足以让我对你全然放心的。所以你很快就编出了第二个谎言，就是你哥哥的事情。当时我确实相信了。现在想想，你杀死的那个所谓的仇人，应该是督察派来的手下吧。当然，这些都是小事。真正切实的证据是在你无故失踪之后，我去庆乐班得到了一个消息，让我知道了这一切都是你编造的谎言。庆乐班的规矩是，只有班主才收银子，而且唱戏、走堂会之后立马就要,绝不会找人代收,向来是钱货两讫。云岫啊云岫,我不得不佩服,当初我们调查紧迫,你料定了我不会再去庆乐班,所以才撒了这个谎。不得不说,若不是你失踪,这个谎,我这辈子都戳不破。"我叹了一口气,见司马云岫面无表情地坐着,我又继续开口。

"成也关心,败也关心。正是因为我关心你,所以才会将线索全部与你分享。但同样的,因为我关心你,在你失踪后,我会冒着生命危险再探庆乐班。从庆乐班回来,我便觉得你不是盘门,就是镜门。最终让我确定你是盘门中人的,就是……"

"就是在轮船上碰见我,对吧。"司马云岫扫了我一眼,说道。

"没错,正是。我已经确定了督察原先是镜门中人,现在则是镜门叛徒。那么对于镜门的秘密,想来他一定知道不少了。假设你是镜门中人,在你落入他的手中之后,就算你真的告诉了他什么他不知道的秘密,他为了自己考虑,也会立即杀掉你。他自从叛出镜门,就成了镜门的必杀之人,那他又有什么理由留着一个镜门的人呢?所以,能拿秘密换条生路的人,必然不是镜门中人。而督察位高权重,又曾属镜门,什么秘密能引诱他动心?思来想去,也只有盘门有这个本事了。而且,当时我们去天乐园找白蛾的时候,白蛾见到你并没有那么惊喜,反而是你挽住了白蛾,去了包厢商量了什么,再出来之后,白蛾的态度才熟络起来。想来,你跟白蛾说了些什么吧?想想也是,苏璇曾经跟天子玉有莫人的关系,她在天乐园待了那么久,你们没理由不派人监视一下。"

在听完我的推断之后,司马云岫轻轻地鼓起掌来:"既然你已经笃定我是盘门的人了,那我怎么辩解你应该都不会听。你打算怎么处置我?"

"我没打算处置你,我只想给自己换一条生路。我这儿有一封信,你把它交予盘门吧。我现在去找一趟顾晋,如果我回来后你还在,那就算我推断有误。我是死是活全凭你处置,以赎我的小人之心。"说完,我从怀中掏出一封信,放在桌子上,随后站起身便离开了。司马云岫并未起身相送,但是我能感觉出来,她一直盯着我的背影。

进了顾晋的房间,我开口的第一句话就单刀直入:"差事,你是镜门的人吧?"

顾晋明显一愣,随后又恢复到了原来那种没脸没皮的样子,从怀里掏出鼻烟壶抽了一口。虽然他表现得淡定,但还是让鼻烟给呛着了。等顾晋咳嗽完,他便直勾勾地看着我:"你怎么断出来的?"

"之前我一直在想,跟踪、追杀我的人那么多,怎么一直没见到盘门和镜门的人。虽然去三孙子家中的时候,遇到了镜门的蒙面人,但这恰恰证明了我的猜测。如果盘门和镜门都在暗中追踪我们的话,那三孙子家里面就不止一个人了吧。我一直以为是这两个隐世门派沉得住气,但是没想到,他们早就派出了人马。"

"三孙子?"顾晋问了一嘴,我知道他的意思是什么。

"没错,就是三孙子。找三孙子时,只有你我两人。也就是说,知道三孙子说了什么的,也只有你和我。所以三孙子该不该死,能作出这个判断的也只有你。当时司马云岫失踪,我成了惊弓之鸟,时时刻刻都跟你在一起,你并没有单独行动把信息传递出去的时间,所以……"

"看来还是被识破了,我也只是临时起意。三孙子知道的太多了,本来我没想杀他,毕竟也有交情。但是,唉,事关重大,我也只好出此下策了。"

顾晋承认得可比司马云岫痛快多了。我同样将信件交给顾晋,顾晋倒是没什么波动,只是看着我说了一句:"你知道三孙子如何死的了?"

当天我们去拜访朱蓉蓉的时候,顾晋便假托肚子疼。他也正是利用这点时间,将三孙子约出来杀死,并且伪造了一个不在场的证明。他杀死三孙子后,将浆糊涂抹在窗棂上,将窗户不插插销地关上,将三孙子的尸体放在窗台处。以三孙子的头做支撑,跟窗户中间夹了一块冰,又将屋内的火炉烧旺。这样一来,火炉将冰融化,融化成的冰水,浸在浆糊上,让浆糊失去黏性。而黏性消失后,随着依靠窗户的力度,三孙子的尸体将窗户撞开,掉落在地上。

我说完上述推理后，顾晋拍了拍手，随即说道："你说我是临时起意，那我怎么能提前准备好冰呢？"

"客栈对面可有个卖冰棍的门脸，要不我们问问去？"

顾晋没再怎么扭捏，拿了信就走了。等我回到司马云岫的屋中，见佳人已经离去，信也不见了，留在桌子上的，是一枚泛着金属光泽的铁章，上面印着一个标志。我坐在椅子上，不禁又叹了口气。这几天我叹气比往常多了许多。

（旁注：顾晋绝不是镜门中人，因为我从未听过他！）

一阵冷风吹来，我从回忆中收起了思绪。这天卯时不到，我便来到了九华山上，拿着千里镜，往远处的一个山头瞭望。那边影影绰绰的，已经出现了不少人。我在书信中写的是天子玉所在的地方，当然，他们每找到一个地方，挖开后，里面藏着的都不是天子玉，而是另一封信，信上写了下一个地点。这都归功于鹿万龙的人脉，我计算着司马云岫和顾晋送信的时间，提前让鹿万龙找人把这些信埋在了九华山各地。这样也杜绝了盘门和镜门拿到信后将我抓起来，毕竟我是五天前托司马云岫和顾晋给出去的信，而就在三天前，我才真正拿到了天子玉，虽然是赝品。之前，我所谓的天子玉，一直在苏璇的手中。

我将天子玉放在了给建文后人的信封当中，今天起床后，天子玉连同那封信都不在了。这让我知道建文后人一直在跟着我的同时，也有一丝冷汗滑落。那封信就放在我枕头底下，在我睡着后，建文后人将信取走，却没有惊动我分毫。

眼见着一队人来到了我信中所写的藏宝之地，在挖出天子玉后，那名领头之人不知说了什么，这些人便原地分散。又过了约一个时辰，又有一队人上了山，我从千里镜中看出，之前那队人在后上山的这队人放松警惕之时，大举杀出，在一阵惨烈的厮杀后，后上山的那队人一个不剩，山上尸横遍野。

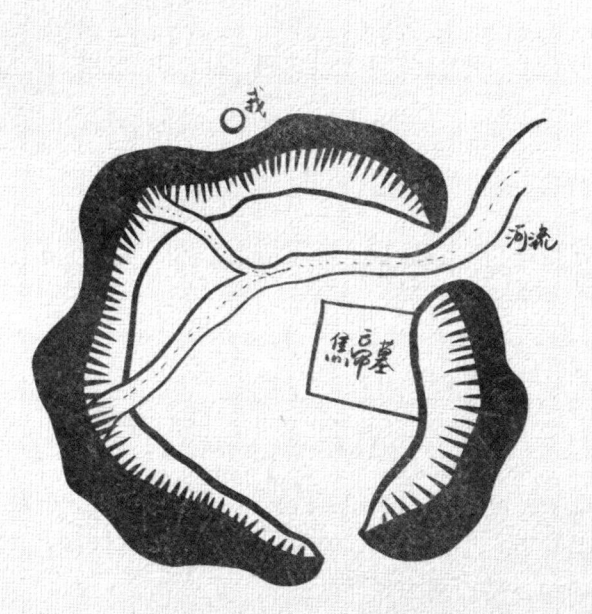

等人散去，我跟在那些人的后面，上了山。看死去的那队人，腰间都有一面铜牌，上面刻着一个八角古镜，想来是镜门的人吧。我答应苏璇的事情，算是做到了。这也是我为什么先把信交给司马云岫，后交给顾晋的原因。但我没想到，镜门的人来得这么慢。我原本想的是，镜门最多也就会慢半刻钟。

正当我准备再度追上前方那队人的时候，突然有人拍了拍我的肩膀，我悚然一惊，跳出去半丈来远。眼前的人，大大地出乎了我的意料。

0080
Valparaiso

建文帝墓中玄秘，南京城地覆天翻

我原本以为，在此地等我的，不是司马云岫就是顾晋。但我万万没想到，来者居然是白蛾。白蛾就这么款款地站在我的身后，见到我脸上明显的惊诧后，白蛾款款一笑："想不到你也有算计不到的时候？"

我听白蛾这么说，又看她没有恶意，不禁苦笑道："您太看得起我了，我所能占的，也就是一个出其不意罢了。"

白蛾听我这么说，不禁又抿嘴笑了笑，捋了捋额前的发丝："那你算算，我今日是代表谁前来的？"

"盘门？"我下意识回答道，毕竟司马云岫跟白蛾是有交情的，司马云岫是盘门中人，那白蛾也很有可能是盘门中人。

"错，我是受苏主席之托前来的。"

"什么？！你不是监视苏璇的人吗？"我大惊失色，如果白蛾是苏璇的人，那我对司马云岫的判断很有可能出了错。那司马云岫的真实身份究竟是什么？我又想起了我之前的猜测，莫非司马云岫就是建文后人？

"你别一惊一乍的。你应该听过策反这么一个词儿吧？我原先是镜门的人，准确地说，我现在也是镜门的人。当初镜门派我监视苏主席，而后来，我就成了苏主席的人。我挂着镜门的标签，干事也方便很多。至于司马云岫，她的确是盘门的人，当初她跟我说的，第一是表明了她的身份，第二则是她不知道从什么途径得知，我已经是苏主席的人了。"

原来这才是白蛾的身份。我恍然大悟，陷入了新的疑问：白蛾是苏璇的人，其作为镜门中的一员，应该能发挥出不小的能量。但是苏璇在报复李隆的时候，却根本没有动用白蛾这枚棋子，或者说，她动用了，我没有察觉。如果是后者还好，但如果是前者……苏璇这个女人所谋之大，绝非为鹿生报仇这么简单。

白蛾见我思索，也没有出言打断，只是默默地看着我眉头紧锁。见我松

白蛾之前确实是镜门派出监视苏璇的，但是为什么被苏璇所用？她为何背叛镜门？我知道白蛾这个人，贪婪得很，除非……苏璇拿出了足够白蛾心动的报酬。

开眉头后,她才继续说道:"苏主席托我告诉你,她当日答应你的事情已经做到了。估计陈子理这会儿已经赶到九华山,你若是能放心,现在就可以走了,免得到时候想走走不了。但你要不放心——苏主席告诉我,你自然可以去看个热闹。"

我上下打量着白蛾,她这番话对我的冲击力极大。当初,我在船上的时候,除了索要天子玉,还与苏璇商量了一件事情。便是她回上海后,传播督察陈子理未死,且其获得了天子玉的传闻。与此同时,她还放出话来,陈子理手中的天子玉是假的,真正的天子玉已经在九华山中现世。

这两个传闻,前一个是真的,后一个则是假的。但是陈子理不知道,或者说,陈子理不敢赌。即便第二条传闻只有万分之一的概率是真的,他也还是不敢赌。因为一旦赌输了,他所有的谋划,所有的心血将毁于一旦。他一定会赶到九华山,此时的他一定会孤注一掷。

在陈督察看来,如果自己手中的天子玉为真,那么此次便来取宝;如果自己手中的天子玉为假,那么今日无论如何也要得到真的天子玉,同样取宝。陈子理不死,我心难安,所以藏宝之地我必须要亲自去看一趟才安心。

以我对陈子理的了解,这个人睚眦必报,手段狠辣。因为我的原因让他的谋划落空,那么在他的有生之年,一定会对我大加报复,不死不休。本来这只是我的猜测,但自从看了鹿万龙带给我的那几张照片之后,我就知道了这是必然发生的事情。

根据鹿万龙所说,我一路摸到了焦帝墓所在的位置,并在山头埋伏好。焦帝墓在一个山谷中,谷内无水,四面环山。俗话说,水主生,生生不息,按照风水,埋在这个地方是将气运锁死,后辈之人再难富贵。看来朱棣对于朱允炆还真是煞费苦心呐。不过焦帝墓到底是帝王礼制,虽然因为年代久远,石碑、石像都被毁坏殆尽,但是单单从残存的石砖来看,这座陵寝的范围不会小于十里。只是此刻这些外部的建筑被破坏殆尽,就连土地都好像被犁过一遍。

取出怀中的千里镜,我依稀能判断出来,被犁开的土地大概有三四米之厚。在这些土层下面,隐约可以看到一座地下陵寝。这让我颇为惊诧,如果这真是朱允炆的陵墓,它的封土怎么会这么薄?要知道,就算是清朝时皇陵的封土都有八九米,明朝以礼制治国,绝不可能封土封得这么浅。那么答案就很简单了,要么这座焦帝墓根本就是一座疑冢,要么就是朱棣对他的这个侄子毫不关心,地宫修得潦草至极。

我看到陈子理率队先来到了焦帝墓,他所带之人,有穿着巡捕衣服的,也有穿着影组织服饰的,到这里我才恍然大悟,为何陈子理对我了解得如此深入,就算他能调查文件也不该如此,我之前一直都是良民呐。

陈子理并未着急取宝,他先将天子玉交给了一名手下,让他领着一队人前去取宝,自己则带着大队人马埋伏在山谷谷口。现在对于陈子理来说,已经是绝险之局,在这种情况下,他都没有贸然行动,而是先派出诱饵。这份谋算,这份心机,我在山上看得是通体发寒。如果陈子理不死,或者他没有成功拿到宝藏,那我必死无疑。

果不其然,在陈子理手下赶到焦帝墓墓口的时候,四面传来了喊杀声,仔细看去,是刚刚遇到的盘门中人,只是队伍规模扩大了甚多。与此同时,另一方也有喊杀声传来,应该是镜门埋伏之人。

想来也是,盘门和镜门传承悠久,没理由不知道焦帝墓的位置。派出寻找天子玉的只是其中一队人,另一队人埋伏在焦帝墓附近,这样无论谁拿到天子玉,只要敢前来取宝,就正中埋伏。

况且,我埋下的天子玉,已经附信说明了为赝品。而真正的天子玉正在陈子理手中,他今日必来取宝。我的算计则是,在镜门和盘门的埋伏下,陈子理贸然前来取宝,定无生还之理。但眼下看来,我心下大乱。

因为我清晰地看到,陈子理派来取宝的人只是一队诱饵罢了,他的大队人马还埋伏在谷口之处。盘门与镜门如此冒险地冲出来,肯定会被陈子理打一个措手不及的。但我的心下又暗暗佩服陈子理,他用的是堂堂正正的阳谋。刚才我看得清楚，陈子理真的交给了下属一块玉佩，八成就是那块真正的天子玉。盘门和镜门属于骑虎难下，不得不争。毕竟盘镜之争历史悠久，双方对埋伏了兵马的事情应该一清二楚，如果此时都不出手，那陈子理的属下便会取宝而归。但自己不出手，对方出了手，天子玉落在对方手里，那么对他们来说，比落在陈子理的手中更加不能接受。

所以无论如何，盘门和镜门都要出手，一时间，杀声震天。我抬头看了看天，灰蒙蒙的，突然脸上一阵清凉，原来是下雨了。这几日，南方雨下得频繁，就在这冬末春初的小雨中，三方势力正式展开了厮杀。

没有交谈，没有试探，赤裸裸地拼杀。枪声清脆，在山谷中回荡，显得更加杂乱。在这三方人马当中，陈子理的人是最先被歼灭的，毕竟他们受到了两方势力的夹击。但在陈子理的人马死了之后，盘门和镜门便开始捉对厮杀起来。

相比于单纯的手枪长枪，盘门和镜门的厮杀显得更加惨烈。我亲眼看到，一个不知是盘门还是镜门的人，在被一枪打死后，身体就突然碎裂开来，飞溅出了无数的血滴，而这些血滴溅落在附近的人身上，被溅射到的人无不倒地打滚，痛苦哀嚎。还有人手捧木盒，将木盒打开后，无数寒芒飞射而出，寒芒所过之地，像收麦子一样倒伏了一片人。杀伤力比枪支更加恐怖。

最可怕的当属一个铁心球，我看着也就如鸡蛋大小，比手榴弹小得不是一星半点。但是它爆炸的威力可比手榴弹大了一倍有余。重要的是，这种鸡子雷的爆炸范围不是圆形，而是呈半圆弧形，这样便最大限度地保护自己人。

我心中正感叹着盘门和镜门这两个古老门派的可怕之处，突然又听到喊杀声音，却是陈子理带队冲出。我心下一沉：完了。此时盘门和镜门正处于交战的白热化阶段，双方再也无力防备偷袭，陈子理此刻冲出属于以逸待劳，深得兵法精髓。

盘门和镜门那些可怕的武器也都用得差不多了，已然无力反击。很快，便被陈子理所带领的人马屠杀殆尽。山谷中，血流成河，到处都是残肢断臂，令人一望之下便通体发抖。看来陈子理最终还是拿到了宝物，我心也放下了

说书的，确实能编。这些武器的动力驱动我都想不出在哪。

不少。毕竟陈子理此番算是彻底将盘门和镜门得罪了,接下来他将面临着无尽的追杀,应该没有精力再对我下手了吧。

我这么想着,看到陈子理已然拿到了天子玉,不光是原来自己的那块,连之前盘门小队所搜到的那块赝品,也在陈子理的手中。我此时慢慢退去,毕竟陈子理获得了最后的胜利,我还留在这里,无异于自寻死路。

2507
Berlin

连环计首恶未死，真相白怅然若失

　　陈子理拿到了天子玉，我自然是没有在此地停留的理由了，收起千里镜，正准备缓缓退去。但思来想去，我还是想看看这焦帝墓中究竟藏了什么稀世珍宝。自从裹挟进这个事件当中，无一事不指向天子玉，而此时天子玉背后宝藏眼见就要现世，虽然久留则迟，迟则生变，但好奇心还是让我留了下来。

　　关于此事，我已经尽了最大的努力，盘门、镜门，这两个需要我仰视的庞然大物都落在了我的算计之中。当然让陈子理最后得逞，这其中固然有盘门、镜门轻敌自大的缘故，毕竟两个门派屹立千年之久，自然是有些自负的。但更多的，还是陈子理的谋划和对于大局的把控。

　　不自觉地，我又是一声叹息。我眼见陈子理将天子玉嵌入焦帝墓的一处凹槽，此时我口干舌燥，都不敢喘大气呼吸，眼睛死死地抵着千里镜，一眨不眨。若不是强自镇定，怕是心都要从腔子里跳出来了。

　　随着天子玉的嵌入，一方巨大的石门开始松动。不知道是不是经年日久，里面的机关被锈蚀，还是草木横生，被野草藤蔓卡住，一时之间，石门开启得极为缓慢。若不是鹿万龙给我的千里镜质量上乘，我怕是都瞧不见石门的移动。看这个架势，最起码得有两炷香的功夫，石门才能开启一个供一人通行的缝隙。

　　终于，石门打开，嵌在石壁上的天子玉化成了粉末。陈子理狂笑着进入石门内。不多时，墓中传来闷闷沉沉的爆炸声，冲天的火光从石门内喷涌而出。盘门和镜门的援军姗姗来迟，想来陈子理已死，我便没有理由继续待下去了。正当我想走的时候，盘门和镜门的人已经探索完废墟。只见他们在探完遗迹后，并未开战，而是匆匆分头离去。

　　见人全部走光，我壮着胆子从山上下去，来到墓口前。此地已经被炸得七零八落，要进去也不算太难。我扒开挡在墓口的落石，准备看看这座号称埋藏了大明重宝的地下宫殿。待我进去之后，一片碎石瓦砾，破败得很。周围陪葬的明器之类，也都残破不堪。甚至有的箱子里露出的只是金砖而已。这种金砖并非是黄金所做，而是皇帝宫殿里铺的砖石，被称作金砖。粗粗一看，这些陪葬的箱子中，什么好东西都没有。焦帝墓虽然规模宏大，但是给人的感觉就像是一个虚腾腾的胖子，表面看上去还勉强入目，但一打开，就原形毕露了。

我细一思索，心中明朗起来，遥想五百年前，燕王攻入南京城后，建文帝失踪，燕王只得用两具尸体做局，指鹿为马，宣布以天子礼安葬。但是安葬先帝一事未曾准备，棺木、陵寝、陪葬等皆无计划，所以必有一些从权的法子，如今看来，地宫里这些鱼目混珠的内容，也就不难理解了。

在焦帝墓地宫的深处，还有一道石门，这道石门便是陈子理刚刚用天子玉打开的，想来这里面才是朱元璋真正的埋宝之地。走进去，装饰倒没有多么奢华，四周也不过一里，比建文帝的地宫规模差远了。

其中的东西却不可小觑，黄金、翡翠、珠玉，这些在外面万难一见的宝物只是这么随意地堆在地上。在洞府正中，有一个石台，上面空空如也，想必在那里才放着真正的宝物。这不是让我最讶异的，我最讶异的是，地上零散的尸体中，竟没有一具是陈子理的，他果然拿到了最重要的宝贝。再看看墓中一侧被炸塌的天顶，他竟然从此处跑了出去！竟然还活着！我不禁骇然出声。

但好在这件事情盘门与镜门应该也知道了，他们接下来该追杀陈子理了，不见到陈子理的尸体他们是绝不会甘休的。而我也得以有了喘息之机。我急忙收拾好自己的东西，怕陈子理杀一个回马枪，地下散落的金块都没来得及捡，便匆匆地离去了。南京我不准备再停留，马上启程赶往上海。到了上海，我明显感受出周围气氛不对劲：明明街上还是那些人，明明和往常别无二致，但就是有一种肃杀和戒严的气氛在内。估摸着，应该是盘门和镜门派来人了，毕竟上海是陈子理的老窝，虽然他没多大可能回来了，但是防范森严一些也理所当然。

上海我也没打算久待，收拾好行囊便准备启程前往北方，躲避一阵子再说。不然不明不白地就这么死了，岂不是很亏。但是在临行前，我还有几个疑问没有解开，比如说鹿生是如何身亡的，陈子理的后手又是什么。

离开的前一天，我特地奔了巡捕房而去。自从陈子理跑了，巡捕房自然也换了一批人，包括新的督察。而这件事情，也被他们强行压下去了，关于陈子理下落的任何事情，都不见报。只能偶尔在街头巷尾听到关于陈督察的只言片语。新任督察换成了薛井辛，新督察上位，自然要裁撤一批人，提拔一批人。巡捕房中的巡捕都在忙着走路子，我此时前去，根本没人注意我，花了几个银元，就从档案管理处调出了当年鹿生的卷宗。也许镜门和盘门的暗子会注意到，但他们是决不会为了我这么一根小野草，惊了陈子理这条大蟒蛇的。虽然这条蛇在不在都是个问题。

关于鹿生的卷宗很简略，只有一张验尸报告，上面写的是鹿生死于<u>锐器穿刺伤，脖颈大动脉出血导致的休克</u>。在现场发现了一把带血的菜刀，还有王铁安的指纹，想来他就是凶手无疑了。趁着巡捕房的混乱，我还悄悄去督察的办公室里瞅了一眼，办公室内颇为整洁，还摆着一副八角古镜的刺绣。

将刺绣拿下后，里面是个暗门，暗门打开，是一张请辞信。内容是自己拿到了天子玉，准备交给镜门。但为了自己的安全着想，请镜门将自己调去海外。除此之外，还有一本他的日记，里面清晰地记录了所有事件的来龙去脉。里面写着，他是如何灭掉鹿家满门，如何杀死李安，如何除掉鹿家幸存盲女，以及如何谋取天子玉，决定身退出国的。

我看完这一切后，才知道了陈子理的谋划，原本他的打算是这样：将船沉没后，自己先拿天子玉取宝，取走其中几样重宝后，将天子玉交给镜门，在镜门的安排下逃亡海外。

想来盘门和镜门在国内经营多年，海外的势力肯定不比国内，督察到了海外，那便是龙归大海虎归山了。但因为我们知道天子玉和督察都在船上，所以督察才换了假死的方案，也多少能瞒过一些人。想通了此处，我越发地佩服陈子理，多年用庸碌的形象示人，暗自谋划了如此大的一盘棋。即便出

> 这个验尸报告可信吗？如果是菜刀的话，出现的应该是锐器砍创伤。

了我这么一个变数，他还是成功地破了局，拿到了天子玉，功成身退了。

我找到的那本日历，正是当初鹿万龙手下交给我的照片上的内容。在二月廿八,就是岑、赵两位巡捕和我遇袭的日子,日历上清楚地写着我们三个人的名字,上面我的名字被划了一道。在三月十二,就是今天,我的名字赫然写在了上面。在陈子理的办公桌内,我甚至还找到了关于我的卷宗,袭击巡捕,暴力抗捕,最终被巡捕当场击毙。这就是我的死法,里面安排得明明白白。而这也是我下定决心阻止陈子理的原因。他太可怕了,就像是一个疯狂的舞台编剧,为我设定好了结局。

从巡捕房中出来后，我唏嘘不已。为了一块天子玉，死了这么多人，布了这么多局。真正的天子玉已经随着陈子理开启墓门而碎裂，而真正的宝藏也已被人取走。也许，我们这辈子都无法知道天子玉背后埋藏的真正宝藏是什么了。

最后再拜访一下苏璇吧，她为了自己的爱人，苦心孤诣，最后大仇得报。我也希望这个女子能放下仇恨。但我去苏宅的时候，发现苏宅早已人去楼空。我怔怔地望着苏宅，突然想起了什么似的，拔腿向天乐园跑去。到了天乐园，却获悉了白蛾在昨天辞职，不知去往何方的消息。

顾晋、司马云岫此生应该是不会再相见了，苏璇、白蛾也全部消失。我独自坐在前往北平的轮船上，透过舷窗，看船外海天一色的景色，不禁怀疑，我真的解开了所有的谜团吗？还是我的出现，也只是更大的谜团其中的一个棋子？那个神秘的建文后人，究竟是什么人？他在这场布局中扮演了什么角色？而这些，可能我永远都没有机会知道了。

（全书完）

后三分之一较前文内容松散，不像亲身经历。

图书在版编目（CIP）数据

谋玉：天子玉传奇 / 探宝之旅著 . -- 北京：中国水利水电出版社，2021.11
ISBN 978-7-5170-9787-7

Ⅰ. ①谋… Ⅱ. ①探… Ⅲ. ①长篇小说－中国－当代 Ⅳ. ①I247.5

中国版本图书馆 CIP 数据核字 (2021) 第 149251 号

总 策 划：徐丽娟
责任编辑：栾　峰　孟青源
营销支持：李　格　刘　原
特约编辑：唐艺萍
联系方式：luanfeng@mwr.gov.cn　010-68545978

书　　名	谋玉　天子玉传奇 MOU YU　TIANZI YU CHUANQI
作　　者	探宝之旅　著
出版发行	中国水利水电出版社 （北京市海淀区玉渊潭南路1号D座　100038） 网　址：www.waterpub.com.cn E-mail：sales@mwr.gov.cn 电　话：（010）68367658（营销中心）
经　　售	北京科水图书销售中心（零售） 电话：（010）88383994、63202643、68545874 全国各地新华书店和相关出版物销售网点
排　　版	探宝之旅
印　　刷	北京尚唐印刷包装有限公司
规　　格	170mm×240mm　16开本　10.5印张　120千字
版　　次	2021年11月第1版　2021年11月第1次印刷
定　　价	98.00元

凡购买我社图书，如有缺页、倒页、脱页的，本社营销中心负责调换
版权所有·侵权必究